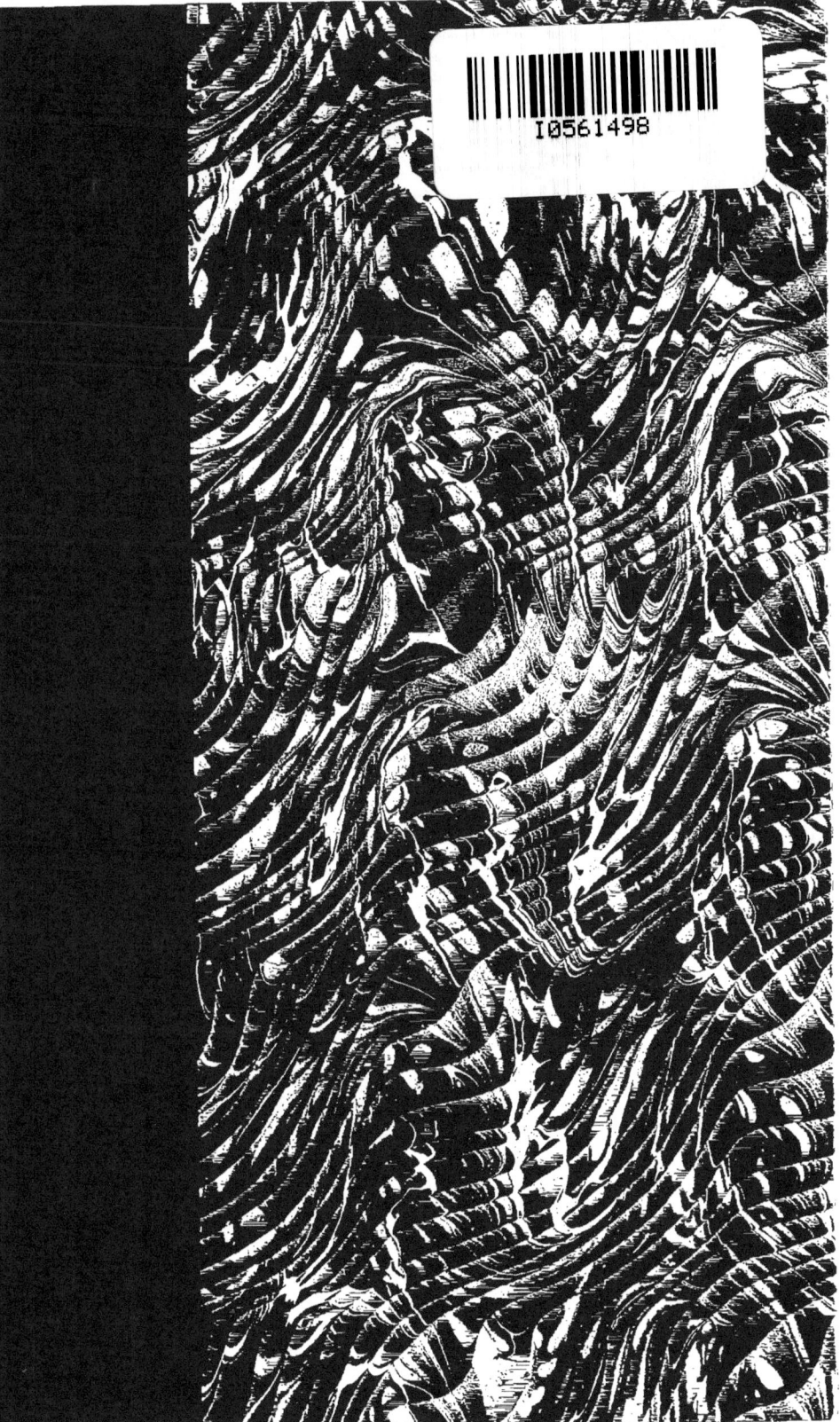

I0561498

ROC-AMADOUR

POÉSIES HISTORIQUES

DÉDIÉES

À MONSEIGNEUR BARDOU, ÉVÊQUE DE CAHORS,

PAR MONSIEUR J. LAYRAL.

Ave Maria stella,
Dei Mater.

ROC-AMADOUR :

AU MAGASIN DE SAINTE MARIE.

CAHORS :

........, LIBRAIRE,

.... la Préfecture.

PARIS :

A. VATON, LIBRAIRE,

Rue du Bac, n° 50.

ROC-AMADOUR.

2192

Y e

8574

PROPRIÉTÉ.

CAHORS : Typ. de J.-G. PLANTADE, impr. de Mgr l'ÉVÊQUE.

ROC-AMADOUR,

POÉSIES HISTORIQUES

DÉDIÉES

A MONSEIGNEUR BARDOU, ÉVÊQUE DE CAHORS,

PAR L'ABBÉ J. LAYRAL.

Ave, maris stella.
Lit. Rom.

CAHORS :
Chez J.-U. Calmette, libraire.
ROC-AMADOUR :
Au Magasin de Sainte-Marie.

1861.

LETTRE

DE MONSEIGNEUR BARDOU, ÉVÊQUE DE CAHORS,

A L'AUTEUR.

Cahors, le 29 juin 1861.

Mon Cher Curé,

J'accepte bien volontiers la dédicace de votre Poëme sur Roc-Amadour, auquel vous venez, me dites-vous, de mettre la dernière main. Nous aurons ainsi contribué l'un et l'autre à relever un peu cet illustre pèlerinage, vous en célébrant ses antiques splendeurs, et moi en réparant quelques-unes de ses ruines.

Votre affectionné,

✝ JEAN, Év. de Cahors.

A Monseigneur BARDOU, Évêque de Cahors.

MONSEIGNEUR,

Votre tendre piété envers Marie, le vif intérêt que vous portez à son célèbre pèlerinage de Roc-Amadour, les efforts persévérants par lesquels vous cherchez à relever de ses ruines son auguste sanctuaire, m'ont fait espérer que vous voudriez bien me permettre de vous dédier ce petit ouvrage destiné à en rappeler les gloires et les souvenirs. Daignez l'agréer comme un hommage d'amour filial d'un de vos prêtres envers notre bonne Mère, et comme un témoignage du profond respect avec lequel j'ai l'honneur d'être,

Monseigneur,

de Votre Grandeur

le très-humble et très-obéissant serviteur,

J. LAYRAL, prêtre.

AVERTISSEMENT.

———◆◇◆———

Pour que l'on ne se méprenne pas sur le but de ces
poésies, l'auteur déclare tout d'abord qu'il n'a pas pré-
tendu faire une œuvre d'art, ou de pure imagination ; il
n'a eu d'autre intention que de faire un acte de foi et de
reconnaissance envers celle que l'Église appelle le *Secours
des chrétiens*. Il a voulu témoigner, comme il a pu, à sa
divine Mère, ses sentiments d'amour et de gratitude pour
la protection toute spéciale dont Marie l'a couvert en
maintes circonstances de sa vie, et mêler sa faible voix
aux concerts qui de toutes parts montent vers son trône. Il
a voulu porter son grain de sable à l'un des édifices que
ses enfants lui élèvent sur tous les points du globe.

Quelques pures qu'aient été ses intentions, l'auteur
n'ignore pas que des hommes pour lesquel il est plein
d'estime et de respect, éprouvent une répugnance instinc-
tive pour tout ouvrage de poésie, et qu'ils trouveront peut-
être déplacé qu'un prêtre surtout *s'amuse et perde son
temps à faire des vers*. L'objection a été faite, elle était
prévue.

L'auteur est heureux, et on lui pardonnera de laisser
répondre des autorités plus graves que la sienne. Écoutons
un écrivain bien connu dans la presse catholique :

« Il y a dans l'appréciation des choses religieuses, dit

M. Eug. de Margerie, une double erreur contre laquelle il importe de se tenir en garde, et de protester au besoin.

» Les uns ne voient le christianisme que par son côté purement esthétique. Artistes et poètes, les plus saints mystères de notre foi ne sont pour eux qu'une corde nouvelle à leur lyre, une nuance de plus à leur palette.... Ils ont appelé la Ste Vierge une création poétique.

» D'autres, au contraire, ne veulent de la religion que ce qu'elle est essentiellement, rejetant sans pitié tant de merveilleuses conséquences qui découlent de ce principe fécond. Pleins d'une juste admiration pour le majestueux édifice du christianisme, ils ne veulent pas voir cette riche efflorescence que les arts et la poésie puisent dans la sève catholique. A tout ce qui excède le strict nécessaire du dogme, de la morale ou du culte, ils disent: « A quoi bon ! » Avec les efforts que de naïfs chrétiens consacrent à com- » poser ces oiseuses poésies, ou ces peintures inutiles, ne » pouvait-on pas produire de grands résultats, et rompre à » des âmes affamées le pain sérieux de la vérité? »

» Je réponds à ces *utilitaires* que Judas parlait comme eux alors que Madelaine répandait sur les pieds de Jésus un parfum d'un grand prix : *Numquid venumdari potuit et dari pauperibus ?* Et les pharisiens sans doute eussent tenu de semblables discours, s'ils eussent rencontré les Mages venus de si loin pour offrir à Jésus naissant la dîme de leurs trésors dont celui-ci certainement n'avait pas besoin.

» Je dis que s'excuser de célébrer Dieu en vers, c'est ressembler à ces tristes chrétiens qui trouvent leur fille trop belle pour se faire religieuse. C'est oublier que Job,

David et les Prophètes n'étaient sans doute pas d'obscurs
prosateurs, et que l'inspiration poétique qui vient d'en
haut, n'est jamais plus fidèle à sa mission, ni plus féconde
en beaux résultats, que lorsque, remontant vers sa source,
elle chante son divin Auteur, et les bienfaits dont il a
comblé la terre.

» Parmi ces bienfaits, on peut affirmer, sans hésiter,
que le plus grand c'est sa sainte Mère, puisque J.-C. lui-
même est moins le bienfait que le bienfaiteur. Toute la
tradition catholique est là pour dire que si Jésus est notre
médiateur auprès de son Père, Marie est à son tour notre
médiatrice auprès de son Fils. Rien de ce qui s'adresse à
Marie, ne s'arrête donc à elle. Par conséquent, lui offrir
nos chants et nos prières, c'est en vérité célébrer et prier
Dieu lui-même, par l'intermédiaire qui lui est le plus
agréable »—Feuill. de l'*Univers,* 9 mai 1857.

« Il faut, dit encore un prêtre haut placé, que la poésie
soit bien dégénérée en France, pour avoir justifié si longtemps le préjugé qui n'en fait qu'un art frivole. Chez tous
les peuples, les Poètes ont été les premiers théologiens,
les premiers philosophes, les premiers historiens : ainsi
Moyse, Job, David chez les Hébreux, Homère et Hésiode
chez les Grecs, les bardes chez les Gaulois. Les Poètes vé-
ritablement dignes de leur noble mission, furent honorés
de la vénération des peuples et de la faveur des Rois.....
L'enthousiasme d'Alexandre pour le chantre d'Achille est
proverbial, Virgile fut le favori de l'Empereur Auguste ;
l'histoire nous a gardé le souvenir du triomphe que
l'Église Romaine décerna au poète Arator. Cet ancien ca-
pitaine des gardes de l'Empereur, étant entré dans les

Ordres, présente au Pape Vigile son poëme *des Actes des Apôtres*. Sur l'ordre du Pontife, Arator dut le réciter lui-même en présence du clergé, de la noblesse et du peuple assemblés pour l'entendre, pendant quatre jours consécutifs, dans l'église de S. Pierre-aux-Liens.

» Les temps sont bien changés! Mais si la poésie contemporaine est tombée dans le discrédit, c'est justice; la faute en est aux Poètes qui ont profané le don divin. Pourquoi n'ont-ils chanté que l'immoralité et le doute? Ils ont négligé le beau et l'honnête pour ne songer qu'à l'utile. Ils comptent au lieu de chanter; mais malheur aux peuples qui ne chantent plus!....

» Le poète chrétien chantera donc les joies et les tristesses de l'Église, comme le poète profane les joies et les tristesses du siècle. L'amour humain a ses poètes nombreux et l'amour divin n'a pas les siens dans notre langue. Cependant les cantiques spirituels sont un moyen régulier, indiqué souvent par S. Paul, pour édifier les fidèles : *Loquentes vosbismetipsis in psalmis, et hymnis, et canticis spiritualibus....* Aussi ai-je toujours regardé la culture de la poésie comme une étude théologique, et comme une prière sous sa forme la plus inspirée. Ainsi comprise, la poésie n'est ni un embarras, ni une prétention; elle ne nuit à l'accomplissement d'aucun devoir. J'aime à voir le poète homme d'action, et l'homme d'action de temps en temps poète. Assurément Moyse, conducteur et législateur du peuple hébreu, et David, fondateur et conquérant d'un royaume, étaient des hommes occupés s'il en fût, et toutefois ils ont eu le temps d'écrire d'incomparables poëmes. Je n'ai pas ouï dire que les poésies de S. Grégoire de

Nazianze, de S. Avit de Vienne, de Synésius de Cyrène, aient nui à la bonne administration de leurs diocèses, pas plus que celles du Pape S. Damase, et celles d'Innocent III, au bon gouvernement de l'Église universelle. S. Thomas, l'ange de la théologie, s'est trouvé un jour admirable poète, et a fait des miracles de rimes et de rhythmes. Une culture raisonnable de la poésie n'est donc pas incompatible avec l'accomplissement des devoirs de la vie politique et civile, ni avec ceux d'un ministère plus auguste, mais moins éloigné de la vraie poésie qu'on ne le soupçonne communément..... De même que le prédicateur, dans son prône, emploie l'idiôme natal pour vulgariser le texte de l'Évangile qu'il a pris sur l'autel, de même le poète, relégué à la porte du sanctuaire, peut, dans ses chants, mettre à la portée du peuple, les dogmes et la morale du christianisme, et s'il a le cœur assez pur pour attirer en lui l'Esprit divin qui inspire aussi les beaux vers, il aura bien mérité de la société et de l'Église. » — L'abbé Neveux, curé archiprêtre de Guéret, préf. de ses Élév. poétiq.

L'auteur n'a pas la folle prétention d'avoir su réaliser ces magnifiques aperçus, ni obtenir ces glorieux résultats. Mais les témoignages qu'il vient d'invoquer suffiront, il l'espère, à lui faire pardonner son entreprise, et si Marie daigne bénir ses efforts, et agréer son désir de lui plaire, son ambition sera satisfaite.

Un mot maintenant sur la manière dont il a envisagé et traité son sujet. Il l'a divisé en trois périodes : *Gloire, Décadence, Restauration.* Sous chacune d'elles, il a cherché à grouper tous les faits, tous les souvenirs qui s'y rattachent naturellement. Comme on le voit, il a traité son sujet autant en historien, qu'en poète. On comprend qu'il aurait pu facilement ajouter des épisodes, mêler des fictions à ses récits, il ne l'a pas voulu. L'histoire lui a paru assez belle pour s'en passer. Il aurait craint de la profaner en donnant l'air de la fable à la vérité.

Il est, au reste, le premier à reconnaître qu'il a dû commettre beaucoup de fautes contre les règles de la poésie, et contre celles de la composition. Quoiqu'il ait toujours aimé les beaux vers, il ne s'était jamais occupé à ces sortes de compositions, jusqu'à ces dernières années. Puissent les fautes qui se trouvent dans cet essai, ne pas empêcher les âmes méditatives et dévouées à Marie de jeter un coup d'œil sur ce petit livre.

Qu'il nous soit ici permis d'offrir nos sincères remerciements à plusieurs de nos amis pour tous les encouragements, et les conseils éclairés qu'ils ont bien voulu nous donner. Notre œuvre, nous le confessons, serait parfaite si nous avions su mettre ces conseils en pratique.

24 février 1861.

N. B. Il va sans dire que l'auteur réprouve d'avance toute expression, toute pensée qui ne seraient pas conformes à la plus rigoureuse orthodoxie.

PROLOGUE.

—⇥⊢⇤⊢—

L'ERMITE DU ROCHER.

Perrexit super abruptissimas petras
quæ solis ibicibus perviæ erant.
1. Reg. 24. 3.

I.

Le Christ avait souffert; sur la croix du Calvaire
On l'avait vu mourir. Son cœur avait aimé
Jusqu'à ses bourreaux même; inéfable mystére!
Leur haine et son amour, tout était consommé.

Le torrent de Cédron conservait sur ses rives
Les traces de ses pieds, souvenir précieux;
Ses disciples en pleurs, du sommet des Olives
L'avaient vu rayonnant s'élever vers les Cieux.

Vous voilà sans pasteur, troupeau faible et timide,
Tendres agneaux jetés à des loups dévorants;
Déjà la synagogue aveugle et déicide
Aiguise contre vous le glaive des Tyrans.

Elle frémit de rage ; et son orgueil stupide,
S'obstinant à fermer son cœur au repentir,
Maudite, elle maudit, précipite, lapide
Jacques, le Saint pontife, Etienne, le martyr.

Saul emplit ses cachots d'innocentes victimes,
Saul que la grâce attend au chemin de Damas,
Dont les accents bientôt chrétiens, puissants, sublimes,
Retentiront au loin de climats en climats,

Saul poursuit les enfants de Jésus qu'il ignore ;
Par son ordre Zachée est jeté dans les fers,
Bérénice le suit, et cent autres qu'honore
Leur courage, leur foi, les maux qu'ils ont soufferts.

Mais on n'enchaîne pas l'élan de la prière,
Et ta voix, ô Zachée, a pénétré les Cieux.
L'antre obscur tout à coup est rempli de lumière ;
Près des captifs paraît un ange radieux.

Il a brisé leurs fers. Fuyez, leur dit Marie,
Il est loin de Sion des bords hospitaliers ;
Ainsi que l'hirondelle, en changeant de patrie
Vous trouverez ailleurs un doux repos, fuyez.

Et tu partis soudain. Aux rives de Solyme
Tu dis un long adieu. Tu traversas les mers ;
Ton oreille entendit la voix grave, sublime,
Qu'on entend lorsque entre eux parlent les flots amers.

Une étoile guidait ton paisible navire ,
L'étoile de Marie, espoir des malheureux ;
Et ta voile , qu'enflait le souffle du zéphire ,
Voguait, sous l'œil de Dieu, vers des bords plus heureux.

Ni les belles cités , ni les coteaux fertiles ,
Ni les bosquets en fleurs, ni le chant des oiseaux ,
Ni les frais archipels, ni les riantes îles,
Ne purent t'arrêter , ô pèlerin des eaux.

Et tu vins aborder aux rives de Provence
Où l'oranger répand ses doux parfums dans l'air,
Où Massilie assise , étalant sa puissance,
Se couronne de fleurs , et se mire au flot clair.

Tu saluas ces lieux embaumés d'un sourire ;
Pour la première fois tu leur nommas Jésus ,
Et tu vis ta parole à son autel conduire
Des peuples qui tremblaient sous la hache d'Hésus.

Voyageur , tu n'es pas au terme de ta route
Pour planter ton bâton sur ces bords enchantés.
Suis l'astre qui te luit à la céleste voûte ,
Marche ; nos jours s'en vont à pas précipités.

Va-t-en dresser ailleurs la tente de voyage ;
Que font à l'exilé les ronces ou les fleurs ?
L'homme n'est ici-bas qu'un oiseau de passage
Chantant sous tous les cieux l'hymne de ses douleurs.

II.

Dans un désert, non loin de l'antique Divone,
Se creuse un grand ravin bordé de rocs affreux,
Si sauvage, si noir, si profond qu'on lui donne,
Pour peindre son horreur, le nom de Ténébreux.

Ce ravin, ces rochers couronnés de bois sombres,
Touffus, mystérieux, dont les rayons du jour
Avaient peine à percer les gigantesques ombres,
Des loups, des sangliers étaient le noir séjour.

Et c'est là que tu vins, austère anachorète,
Oublier les faux biens d'un monde suborneur,
Et pus enfin donner, en cette âpre retraite,
Le repos à ton âme, et ton âme au Seigneur.

Bien loin de Siloë, des champs de la Syrie,
Loin de son ciel d'azur, de son soleil si beau,
Tu vins ici bâtir un saint temple à Marie,
Tu vins à ces rochers demander un tombeau.

Dans ce pieux asyle, humble enfant de Marie,
Vertus, dons precieux, tu voulus tout cacher,
Tout, jusques à ton nom : ta nouvelle patrie
Te donnera celui d'Amateur du Rocher.

Que te ferait un nom plus pompeux, et qu'importe
Cette chimère, à toi, pèlerin, étranger ?
Tu sais que dans son cours le temps rapide emporte
La pourpre des Césars, le sayon du berger.

III.

A Dieu seul, pour toujours ton âme s'abandonne ;
Quel homme en vain jamais cria-t-il au Seigneur?
La fleur des champs, l'oiseau l'implorent, et Dieu donne
Au passereau sa graine, et sa robe à la fleur.

Tu ne redoutes point que son amour t'oublie ;
Ses corbeaux nourrissaient le prophète au désert.
L'homme vit de si peu! N'as-tu pas, comme Élie,
L'eau du torrent, un miel sauvage, un pain amer?

Une biche, — qui sait? — peut-être venait-elle
Vers toi, comme une mère accourt vers son enfant,
Pour t'offrir le lait pur de sa douce mamelle
Qu'heureux tu partageais avec son jeune faon.

Et dans la froide nuit, la biche familière,
— D'un Dieu pour ses enfants ô soins trop peu connus! —
Ne venait-elle pas, sur la glaciale pierre,
Se couchant près de toi, réchauffer tes pieds nus?

IV.

O vieillard du désert! loin de la multitude,
Du tourbillon du monde et de ses flots mouvants,
Comme tu te plaisais dans cette solitude,
A mêler ta prière au murmure des vents!

Aux mugissements sourds de l'horrible tempête
Qui ployait, qui tordait les chênes des déserts,
Quand passaient en grondant, quand passaient sur ta tête
Les ailes de la foudre et les sombres éclairs !

Tu mêlais ta prière à toutes les haleines,
Aux chansons des oiseaux dans les ronces blotis,
Aux cris des animaux qui, des monts où des plaines,
Demandaient au bon Dieu la part de leurs petits.

Tu disais : — « Dans la voix de la foudre j'adore
» Ta puissance, ô mon Dieu ! ta beauté dans les fleurs ;
» Ton amour dans le chant des oiseaux, dans l'aurore
» Ta lumière qui fait gais et sereins nos cœurs.

» Donne-moi le parfum de l'humble violette,
» J'en ferai ma prière ; ô Seigneur ! Donne-moi
» Avec son chant joyeux, l'aile de l'alouette,
» Ou l'aile de l'amour, pour monter jusqu'à toi. »

Et lorsque, de la nuit perçant le sombre voile,
Les astres scintillaient, alors ton âme en feu
Était toute ravie, et d'étoile en étoile,
Comme l'aigle au soleil, s'envolait jusqu'à Dieu.

Ton âme heureuse alors n'était plus de la terre ;
Et ta foi gourmandait le bel astre du jour
Quand ses rayons, glissant sur ton front chauve, austère,
Venaient te retirer de l'extase d'amour,

V.

Et ton cœur embrasé par l'ardente prière,
Voyant un peuple assis à l'ombre de la mort,
Brûlait de lui porter la céleste lumière,
Et d'exciter en lui l'amour et le remord.

Tu leur disais les noms de Jésus, de Marie,
Bethlem, le Golgotha, les divines douleurs....
Ces récits les charmaient, et leur âme attendrie,
Oyant des noms si doux, se répandait en pleurs.

Et tu voyais pensifs les antiques Druides
A l'aspect de la Croix que leur montrait ta main,
Et ce signe brisait les autels parricides
D'Ogham, de Teutatès, rougis de sang humain.

VI.

Ainsi coula ta vie, uniforme et fidèle,
Ignorée, ignorant un perfide bonheur.
Et puis, comme l'oiseau, la tête sous son aile,
S'endort, tu t'endormis dans la paix du Seigneur.

Et quand ton âme pure, en fuyant cette terre,
Monta, blanche Colombe, au céleste séjour,
Sa dépouille resta sur ce roc solitaire
Où la foi vint depuis bâtir ROC-AMADOUR.

Septembre 1860.

ROC-AMADOUR.

PREMIÈRE PÉRIODE.

GLOIRE.

Dignare me laudare te, Virgo sacrata.
Lit. Rom.

I.

DESCRIPTION.

Et ædificavit Palmyram in déserto.
2. Par. 8. 4.

1.

Je te salue, auguste sanctuaire,
Roc-Amadour, aimé du pèlerin,
Temple où Marie exerce, tendre mère,
De son amour le pouvoir souverain.
Salut, ô terre des miracles
Et de souvenirs précieux !
Tes parvis rendent des oracles
Qui ravissent nos cœurs comme une voix des cieux.

Roc-Amadour ! que j'aime ton histoire !
Muse sacrée, en des récits touchants
De sa grandeur rappelant la mémoire,
Viens inspirer, viens embellir mes chants ;
    Viens faire entendre à mon oreille
    Comme un écho des temps passés ;
    Viens me redire dans ma veille
De nobles souvenirs par le temps effacés.

II.

Bon pèlerin ! — suspends ta marche, arrête !
L'œil étonné, mesure ces hauteurs.
Contemple, vois à tes pieds, sur ta tête
Ces rocs altiers, ces sublimes horreurs.
    Quand tes pères t'ont dit l'histoire
    Du merveilleux Roc-Amadour,
    N'avais tu pas de peine à croire
A ce qu'émerveillé tout œil voit à son tour.

Sur ces rochers, dont la cime orgueilleuse
Va se dressant et menace le ciel,
Des temps passés ombre silencieuse,
S'élève encore un antique castel.
    Là, dans l'étude et la prière,
    Veillent des prêtres du Seigneur ;
    De là leur foi porte à la terre
Ce qu'elle puise en Dieu : L'amour et le bonheur.

Vois à tes pieds ! — précipitant son onde,
Tantôt l'Alzou, dans son lit de rocher,
Croît en torrent, bondit, écume et gronde,
Et tantôt voit le soleil dessécher
    Son lit pierreux, et sur sa rive
    Faire mourir ses rares fleurs :
    Image, hélas ! triste et naïve
Des folles passions qui ravagent nos cœurs.

Comme un nid d'aigle, au flanc des roches grises
Sont suspendus de hardis bâtiments,
Des forts, des tours, et d'antiques églises,
Des temps de foi glorieux monuments.
    Les Saints, prenant leur foi pour guide,
    Firent ces merveilles des arts ;
    Et notre foi faible et timide,
Chancelante, ose à peine en croire à nos regards.

Dans ces vieux murs d'un ancien monastère
Priaient jadis des vierges du Seigneur.
Fermant leur âme aux vains bruits de la terre,
Elles goûtaient un paisible bonheur.
    Dans ce doux port, loin des tempêtes,
    Voyant le monde sous leurs pieds
    Et le firmament sur leurs têtes,
Que leurs soupirs étaient ardents, multipliés !

Tels, si jamais le créateur des anges
Chassait bien loin de ses cieux étoilés

Et rappelaient ensemble à la mémoire
Leur repentir, leur amour, leurs travaux.
    Pierre contrit versait encore
    Des pleurs amers comme le fiel
    Sur son parjure qu'il déplore,
Et, des clefs dans les mains, il regardait le ciel.

Dans les transports de son amour sublime,
André pressait sa croix en souriant;
Apôtre ardent, l'incrédule Didyme
Volait fidèle au bout de l'Orient.
    D'autres mouraient de morts étranges
    Au milieu de tourments divers;
    Philippe sur l'aile des anges
Traversait les cités, les plaines, les déserts.

L'apôtre à qui de sa voix expirante
Jésus légua son plus riche trésor,
Le bien aimé sur la poitrine aimante
Du doux Sauveur, Jean reposait encor;
    La Sainte mère de Marie,
    Heureuse de tous les honneurs
    Que reçoit sa fille chérie,
Anne, pleurant d'amour, goûtait tous les bonheurs.

Le précurseur, dont la folle danseuse
Porta la tête au milieu d'un festin,
Trouvait ici sa solitude heureuse,
Et son désert, et son petit Jourdain.

Pour tous c'est comme une patrie ;
Tous ces vainqueurs semblaient offrir,
Comme un doux hommage, à Marie
Le prix de leurs travaux, leurs palmes de martyr.

Le chef brillant de phalanges ailées,
Michel, vainqueur du Dragon infernal,
Semblait encor, sur ces tours crénelées,
Faire flotter son drapeau triomphal.
L'on aurait dit qu'encore il crie
Avec des paroles de feu :
« Oh ! nul n'est bon comme Marie ! »
Comme il criait au ciel : « Nul n'est grand comme Dieu. »

Septembre 1856.

II.

LE VESTIBULE.

Et porticus erat ante templum.
3. Reg. 36.

I.

—Quel est ce vestibule,
Parvis mystérieux,
Où la foule circule
D'un pas religieux?
—C'est l'enceinte carrée
Qui conduit à l'entrée
Du temple vénéré ;
Et là fut la retraite
Du saint anachorète,
Là son tombeau sacré.

Contemporains des fées
Et des gais Troubadours,
Vois ces nobles trophées
Qu'on révère toujours ;
Ces peintures murales
Aux couleurs féodales,
Ces fresques, ces pavois,
Ces vieilles armoiries,
Ces rouges draperies
Couronnant ces parois.

Et ces têtes mauresques
De princes ou de rois
Aux traits chevaleresques,
Fameux par leurs exploits ;
Nobles caryatides
De guerriers intrépides
Insultant au trépas !
Quelle ardeur les dévore ?
Leur regard semble encore
Appeler les combats.

L'on dirait une garde
De féaux chevaliers,
Dont l'amour veille et garde
Leur reine en ses foyers.
Sur leur figure altière
Brille l'ardeur guerrière ;
Et le fer de Roland
Qui pend à ces murailles,
Parle encor de batailles
Quand l'agite le vent.

Joignant la croix sacrée
De l'humble pèlerin
A l'écharpe dorée
Du vaillant paladin,
Roland, foudre de guerre,
Voua son cimeterre
A la reine de cieux,
Souvenir de victoire !

De l'honneur, de la gloire
Hommage précieux.

Vois encor ces suaires,
Ces linges, ces cheveux,
. Ces crèpes funéraires
Ces ex-voto pieux,
Ces offrandes sacrées
Des âmes délivrées,
Et ces chaînes de fer,
Et ces lourdes entraves
Que traînaient des esclaves
De Tunis ou d'Alger.

Des faveurs accordées
C'est le doux souvenir
Qui légua ces trophées
Aux siècles à venir.
Telle, après la victoire,
Au temple de la gloire
Rome appendait jadis
Les dépouilles opimes
Que ses fils magnanimes
Prenaient aux ennemis.

—Mais quelle est cette fresque
Qu'à ma droite je voi?
Quelle histoire grotesque
Qui vous remplit d'effroi!

3

Une danse macabre?...
Un coursier qui se cabre!...
Un chevalier qui fuit....
Puis des pâles squelettes
Sortis de leurs retraites
La foule le poursuit.

Ce félon sacrilège
Viola les tombeaux ;
L'épouvante l'assiège
Sans trêve ni repos.
Toujours il voit des gnomes,
Des spectres, des fantômes
A le suivre acharnés ;
La frayeur qui l'accable
Fait subir au coupable
Le tourment des damnés.

Pour délivrer son âme
De ces affreux tourments,
Il vint à Notre-Dame
Offrir ses vœux ardents.
L'indulgente Madone,
Compatissante et bonne,
Voulut bien les bénir ;
Et la foi de nos pères
Sur ces murs séculaires
Grava ce souvenir.

Octobre 1856

III.

PRIÈRE A MARIE.

Ave, gratiâ plena.
Luc. 1. 28.

Il est temps, pénétrons dans l'auguste oratoire.
Fuyez bien loin, fuyez, profanes souvenirs ;
Offrons une prière, un cantique à la gloire
De celle dont l'amour épure nos désirs.

« Je vous salue, ô divine Marie,
» Pleine de grâce et Mère du Sauveur !
» Soyez aussi notre mère chérie,
» Pleine d'amour, de bonté, de douceur.

» Mère bénie entre toutes les femmes,
» Ayez pitié de vos pauvres enfants.
» Rendez, rendez l'innocence à nos âmes,
» Faites nos cœurs droits, purs et triomphants.

» Toujours au Ciel vous écoutez les Anges ;
» Oh ! quelques fois écoutez les pécheurs ;
» Là-haut toujours ils chantent vos louanges,
» Nous, nous pleurons frappés de traits vengeurs.

» Nous gémissons, coupables enfants d'Ève ;
» Dans notre exil, la chaîne de nos maux
» Toujours s'allonge et jamais ne s'achève,
» Toujours la peine, et jamais le repos.

» Oh! Que la vie est un sombre mystère!
» Que de soucis, d'angoisses, de douleurs!
» Quand finira notre exil sur la terre?
» Quand verrons-nous enfin tarir nos pleurs?

» Nous nous pressons au banquet de la vie,
» Mais que la coupe enferme un vin amer!
» Soif du bonheur, ardente, inassouvie,
» Rien ici-bas ne saurait te calmer.

» Nous voyageons cherchant une patrie ;
» Mais où fixer notre tente d'un jour?
» Dans ce désert guidez-nous, ô Marie,
» Nous sommes tous les fils de votre amour!

» La terre, hélas! est un champ de bataille
» Où nous luttons dans un doute cruel ;
» Pour qu'au grand jour notre cœur ne défaille,
» Rappelez-nous que la palme est au Ciel!

» O monde! ô mer en naufrages féconde!
» Pauvres nochers! jouets des flots mouvants!
» Comment guider notre nef vagabonde?
» Partout écueils, et tempêtes et vents.

» Quand l'ouragan, qui tord notre navire,
» Hélas! hélas! l'emporte au gouffre amer,
» Calmez les flots, calmez-les d'un sourire,
» N'êtes-vous point l'Étoile de la mer? »

Tendre Mère, voilà mon ardente prière,
D'un cœur rempli d'effroi c'est l'humble cri d'appel;
Daignez sécher les pleurs qui mouillent ma paupière,
Je veux de quelques fleurs parfumer votre autel.

Décembre 1856.

IV.

LA CHAPELLE MIRACULEUSE.

Non est hic aliud nisi domus Dei et porta Cœli.
Gen. 28. 17.

I.

Te voilà donc, chapelle des miracles !
A ton autel ont prié bien des cœurs !
Depuis deux fois mille ans. Devant tes tabernacles,
    De bien des yeux ont coulé bien des pleurs !

Que de genoux ont ployé sur tes dalles,
    Et que de fronts s'y sont humiliés !
Là que de pèlerins aux poudreuses sandales
    Ont confondu les traces de leurs pieds !

Mais ce réduit, cet étroit sanctuaire,
    Est-ce donc là ce temple si vanté ?
Ce temple auguste et saint qu'on aime et qu'on vénère,
    Ce monument de haute antiquité ?

L'œil cherche en vain ces formes qu'on admire :
    Svelte colonne, élégant chapiteau,
Riche et superbe autel de jaspe ou de porphyre
    Qu'aurait sculpté quelque habile ciseau ;

De vastes nefs, des voûtes colossales,
Des œuvres d'art où, prenant tous les tons,
Le marbre se découpe en rondes astragales,
Se taille en frise, ou se penche en festons.

Là ne vient point s'offrir à votre vue,
Sur un autel éclatant, radieux,
De la douce Marie une riche statue
D'albâtre ou d'or, de métaux précieux.

Ici du Ciel rien n'annonce la Reine.
C'est, d'un côté, le flanc nu du rocher
Qui sert de mur, de voûte où l'on atteint sans peine
Et que surmonte un bien frêle clocher.

Puis cet autel en bois d'orme ou de chêne,
N'ayant de prix que comme un souvenir :
—C'est le grand Martial, apôtre d'Aquitaine,
Qui, nous dit-on, est venu le bénir.—

Sur cet autel repose la Madone ;
Ses traits sont noirs, son regard est bien doux.
Reine, elle a sur la tête une vieille couronne,
Et l'Enfant-Dieu sourit sur ses genoux.

II.

—Riches manoirs à hautes seigneuries !
Fille des Rois ! trop humble est ton séjour.
Faut-il garder tout l'or, toutes les pierreries
Pour couronner des Majestés d'un jour ?

Reine du Ciel, auguste souveraine,
N'est-il donc pas, loin de ce roc désert,
De verdoyant coteau, ni de riante plaine?
Pourquoi toujours habiter au désert?

Il est ailleurs de vastes basiliques
Où tes enfants accourraient volontiers;
Tu les appelle tous dans tes sacrés portiques;
Tous pourront-ils gravir ces rocs altiers?

Ou si Marie aime ce roc aride,
N'est-il donc plus de marbres précieux,
De granit pour bâtir, dans cette Thébaïde,
Un riche temple à la Reine des Cieux?

Pour lui sculpter un autel magnifique,
Une statue éblouissante à voir,
Et remplacer enfin, sur cette roche antique,
Ce vieil autel, cette image au teint noir?

Janvier 1857.

V

AMOUR DE MARIE POUR ROC-AMADOUR.

Hæc requies mea in seculum seculi, hìc
habitabo quia elegi eam.
Ps. 131. 14.

I.

Que tes pensers sont vains, insensés, ô poète !
Serviteurs de Marie, oh ! quelle est notre erreur !
Habiter des palais dont le sublime faîte
Resplendit au soleil, est-ce là la grandeur ?

Quand l'Ange Gabriel, ambassadeur fidèle,
Par ordre du Très-Haut fendait en souriant
De vastes champs d'azur, et portait la nouvelle
Du salut d'Israël, dans le riche Orient,

Il vit des palais d'or, et des reines superbes ;
Mais ce ne fut point là que s'arrêta son vol ;
Il choisit l'humble toit couvert de touffes d'herbes,
Et dont de hautes tours n'insultaient point le sol.

Un trésor que Marie à tous nos dons préfère,
C'est l'amour de nos cœurs, c'est l'ardeur de nos vœux ;
Eh ! que lui font, hélas ! les trésors de la terre,
Perles et diamants ? Sa gloire est dans les Cieux.

Douze étoiles au ciel composent sa couronne,
Son vêtement est fait d'un rayon de soleil,
L'albâtre et le saphir embellissent son trône,
La lune aux doux rayons luit sous son pied vermeil.

Non pas qu'elle dédaigne un don du cœur sincère
Qui se donne lui-même en donnant ce qu'il a,
Mais nos dons sans nos cœurs, aux yeux de notre Mère
Ne paîraient point l'amour dont elle nous combla.

II.

A nos yeux éblouis le tourbillon du monde
Vaut mieux que le repos, le silence aux déserts,
Il faut à notre humeur légère et vagabonde
Des plaisirs variés, des spectacles divers.

Asyle de Marie! ô sainte solitude
Que visitent souvent ses anges radieux,
Loin d'un monde bruyant, loin de la multitude,
Que vous avez d'attraits, de charmes à ses yeux !

Marie aime ces lieux, et leur aspect sauvage,
Et ces ravins profonds, et ces rocs menaçants.
Les plus riants coteaux, le plus frais paysage
Pour elle ont moins d'attraits, des charmes moins puissants.

Quand le vent du désert effleure de son aile
La myrtille odorante, ou l'églantier fleuri,
C'est comme le parfum, à la saison nouvelle,
Qui vient de Galaad, des vignes d'Engaddi.

Elle aime autant les fleurs qui parfument ces cimes,
Que la rose cueillie aux plaines de Saron,
Et la voix du torrent, et ses échos sublimes,
Que les moëlleux accords des harpes de Sion.

Elle aime ouïr passer l'abeille bourdonnante
Qui va de fleur en fleur pour composer son miel,
Car, comme elle, l'abeille, à la roche pendante
A suspendu sa ruche : elle est fille du Ciel.

III.

Le pigeonneau jamais dit-il à la colombe :
Pourquoi, mère, si haut as-tu placé ton nid ?
Et l'aiglon, dont le vol bruit comme la trombe,
Ne sait-il point monter à l'aire de granit ?

L'ardente foi qui peut transporter les montagnes,
Sur l'aile de l'amour sait aussi les gravir.
Des lointaines cités, des lointaines campagnes,
Voyez ces pèlerins vers Marie accourir.

IV.

Elle aime ces rochers aux masses colossales,
Ces figuiers, ces glaïeuls à leurs fentes pendants ;
Non qu'elle n'ait ailleurs bien d'autres capitales
Où ses enfants pieux offrent leurs vœux ardents ;

Fourvières à Lyon, la martyre chrétienne,
Que le Rhône en grondant menace de ses flots ;
A Marseille, en la mer baignant ses pieds de reine,
Elle a Lagarde, asyle aimé des matelots ;

Le Puy, Chartres, Vauvert, sa Lorette enchantée
Qui vit son doux Jésus sourire en son berceau,
Lorette au doux renom, par les anges portée
Des champs de la Syrie aux rivages du Pô.

Mais comme ses enfants des grandes Babylones,
Elle porte en son cœur ses enfants des déserts ;
S'ils savent lui tresser de moins riches couronnes,
Leur amour n'a-t-il pas d'aussi pieux concerts ?

A jamais sur ce Roc, sur cette aride cime
Elle fait son séjour. Ici l'homme voyant
L'abîme sous ses pieds, sur sa tête l'abîme,
Abaisse son orgueil, connaît mieux son néant.

Janvier 1857.

VI.

LE TROUBADOUR ET LE CIERGE ENCHANTÉ.

> Prenons tuit garde au ménestrel
> Qui tant chanta devant l'autel,
> Que Notre-Dame l'entendi
> Et un biax cierge li tendi.
> GAUTHIER DE COINSY.

I.

En ce temps-là, n'ayant que son génie,
Et ses doux chants pour unique trésor,
Un troubadour, enfant de l'harmonie,
Vint à Marie offrir sa harpe d'or.

Comme il priait aux pieds de l'humble Vierge
Lui présentant ses vœux les plus pieux,
Il vit descendre, ô miracle! un beau cierge
Sur sa guitare aux sons harmonieux.

D'un chapelain la main officieuse
Trois fois remet le cierge sur l'autel,
Trois fois, au son de la harpe joyeuse,
Il redescent vers le bon ménestrel.

Le chantadour que ce prodige étonne ,
D'un saint délire en son âme saisi ,
Pleurant de joie aux pieds de la Madone ,
Emerveillé , priait , chantait ainsi.

Février 1857.

VII.

CHANT DU TROUBADOUR.

In die illa cantabitur canticum istud
in terrâ Judæ.
Is. 26. 1.

I.

» O ciel ! quel ravissant spectacle !
» Soyez jaloux de mon bonheur,
» Ce cierge m'octroie, ô miracle !
» La douce mère du Sauveur.
» Chantons : honneur ! gloire à Marie !
» Amour à la mère chérie !
» Venez, courez, jeunes et vieux,
» Marie a pour tous quelque gage,
» Pour tous les cœurs force et courage,
» Un sourire pour tous les yeux.

» Venez des bords de la Garonne,
» Des belles rives de l'Adour,
» Et du Mont-d'Or qui se couronne
» De neige et de fleurs tour-à-tour ;
» Venez de la verte Aquitaine,
» De la riche et molle Touraine,

4

» Et des cités, et des déserts,
» Des plaines, des steppes stériles,
» Des archipels, verts groupes d'îles
» Qui portent des goëmons verts;

» Venez, têtes portant couronne,
» Comtes et ducs, et vous barons
» Qu'on nomme à l'éclat dont rayonne
» L'étoile de vos éperons,
» Puissants seigneurs à l'âme altière,
» Quittez vos tours vertes de lierre,
» Vos fiers donjons. Venez encor,
» Vous preux dont l'armure raisonne
» Au flanc du coursier qui frissonne,
» Vous qui chaussez l'éperon d'or.

» Et rois de France et rois d'Espagne,
» Chevaliers devisant d'amour,
» Beaux paladins de Charlemagne,
» Accourez à Roc-Amadour;
» Venez offrir à Notre-Dame
» Votre bracmar, votre oriflamme
» Si redoutés dans les combats,
» Et secondant votre grande âme
» La victoire aux ailes de flamme
» Marquera chacun des pas.

» Suspendez vos brillants pas d'armes,
» Vos tournois et vos carrousels;
» Venez pairs et vaillants gens-d'armes,
» Beaux pages, gentils damoisels,

» Venez, enfants de l'harmonie,
» Noble et joyeuse compagnie,
» O vous qui savez tour-à-tour
» Manier l'arme meurtrière,
» Emboucher la trompe guerrière,
» Pincer le luth du troubadour.

» Venez, superbe chatelaine,
» Portant rubis et diamants,
» Venez, vous dont la marjolaine
» Fait le simple et bel ornement,
» Venez, modestes pastourelles,
» Portez des fleurs, des fleurs nouvelles,
» Portez-en plein vos tabliers ;
» Cueillez aux prés la paquerette,
» Aux mousses l'humble violette,
» La rose blanche aux églantiers.

II.

» Silence ! Voici l'heure sainte !
» Pieux pèlerins, écoutez !
» Écoutez la cloche qui tinte
» Dans le sein des airs agités.

III.

» Quelle est cette merveille étrange !
» Est-ce un fantôme, est-ce quelque ange

» Qui balance l'airain sacré ?
» Est-ce un bon, un mauvais présage ?
» Est-ce l'annonce d'un orage
» Sur les moissons aggloméré ?

» Est-ce une nouvelle Gomorrhe
» Dont la flamme ardente dévore
» Les palais et les habitans ?
» Marie a-t-elle dit aux nues :
» Pleuvez vos eaux sur toits et rues,
» Eteignez ces feux dévorants. »

« Est-ce une vierge jeune et belle,
» Timide et blanche colombelle
» Que poursuit la mort, noir vautour ?
» Et Marie à sa pauvre mère,
» Pour calmer sa douleur amère,
» Va-t-elle rendre son amour ?

» Quelque félon, à l'âme noire,
» Voudrait-il souiller quelque gloire,
» Et les anges des saints amours,
» Voyant dans l'obscure tourelle
» Soupirer quelque Gabrielle,
» Volent-ils lui porter secours ?

» Est-ce un vainqueur fier et sauvage,
» Insultant au noble courage,
» Et puis des forts le plus vaillant
» Qui, près de rendre sa grande âme,

» Se recommande à Notre-Dame
» Dans quelque Ronceveaux sanglant ?

» Au champ d'honneur, au champ de gloire,
» Est-ce la main de la victoire
» Qui vient, fidèle à nos drapeaux,
» Ceindre une nouvelle auréole,
» De la valeur brillant symbôle,
» Au front de nos vaillants héros ?

» A-t-on vu les cavaliers maures
» Jeter leurs armures sonores
» Aux champs d'Espagne, leur amour ;
» Et tomber leur ardeur guerrière
» En voyant la blanche bannière
» Aux armes de Roc-Amadour ?

» Leurs corps jonchent-ils la campagne
» Dans cette catholique Espagne,
» Dans la belle Espagne au ciel bleu ?
» Et voit-on les corbeaux avides
» Dévorer leurs chevaux numides,
» Et dont les pieds jetaient du feu ? »

IV.

» Silence ! Voici l'heure sainte !
» Pieux pèlerins, écoutez !
» Ecoutez la cloche qui tinte
» Dans le sein des airs agités. »

V.

» Est-ce quelque affreuse tourmente,
» Soulevant la vague écumante
» Et tous les flots de l'Océan,
» Qui bat un navire sans voiles
» Au sein d'une nuit sans étoiles,
» Et le pousse au gouffre béant ?

» Est-ce le tourbillon rapide
» Qui pousse un feu glauque et livide,
» Et qui, vomi par l'ouragan,
» Embrase la nef vagabonde,
» Comme si l'on voyait dans l'onde
» Tout-à-coup s'ouvrir un volcan ?

» Hélas ! hélas ! quand la rafale
» Fait tournoyer la nef fatale,
» Quand les flots, la rage des flots
» L'emporte au ciel, la jette au gouffre,
» Oh ! qui nous dira ce que souffre
» L'âme des pauvres matelots ?

» Est-ce aux rochers de l'Italie,
» Aux pics de la Calédonie
» Que le flot les emportera ?
» Sera-ce aux grèves de Bretagne
» Ou sera-ce aux côtes d'Espagne
» Que l'ouragan les jettera ?

» Voyant toujours grossir la houle,
» Monter le flot qui gronde et roule,
» L'abîme sous leurs pieds ouvert,
» Quand tout est brisé, voile et rame,
» Dans ce péril leur voix réclame
» Marie, Étoile de la mer.

» Mais au plus fort de la tempête,
» Qu'ont-ils aperçu sur leur tête ?...
» Ciel et mer, tout reprend son cours.
» C'est Marie — ils l'ont reconnue —
» Qui vient sur une blanche nue
» Leur apporter aide et secours.

» A son aspect la mer houleuse
» Contient la vague furieuse,
» Marie impose aux flots amers.
» De l'Océan la voix profonde
» La proclame reine du monde,
» Reine des cieux, reine des mers. »

VI.

» Prions ! Sonnez, cloche bénie ;
» Venez, chantons ! Sonnez, sonnez !
» Oh ! pour rendre gloire à Marie,
» Peuples et rois, venez, venez ! »

Mai 1857.

VIII.

PÈLERINS ILLUSTRES ET LEURS PRÉSENTS.

Venientes autem venient cum exulta ione
portantes manipulos sus.
Ps. 125. 6.

I.

En foule ils sont venus des régions lointaines
Les monarques pieux et les vaillants guerriers,
Les comtes, les barons, les nobles châtelaines,
Les joyeux troubadours, les féaux chevaliers.

Ils sont venus, les rois, les puissants de la terre
Parler à l'humble Vierge, — eux dans la pourpre assis —
Du poids d'une couronne, ou bien d'un cimeterre,
Hochets que rongent les soucis.

Roc-Amadour a vu les élus de la gloire
Quittant brillant palais, vieux donjon, château fort ;
Il a vu cent héros célèbres dans l'histoire,
Bardés de fer, chamarrés d'or.

Roland ! — Du pèlerin sa mémoire est chérie ;
De tous les souvenirs, pour lui le plus brillant,

Celui dont il sait mieux parler, après Marie,
C'est le grand sabre de Roland.

Père et roi malheureux, nonobstant tous ses trônes,
Ici Plantagenet vint porter sa douleur,
Avouant que jamais à l'ombre des couronnes
On ne rencontra le bonheur.

Louis!—Grand sur le trône et plus grand dans les chaînes;
Roi, pèlerin, croisé, le monde l'admira
Aux marches de l'autel, sous l'arbre de Vincennes,
A Tunis comme à Mansourah.

Et Montfort, des chrétiens l'illustre Machabée,
Dont le front noble est ceint de lauriers immortels;
Montfort qui consacra sa redoutable épée
A la défense des autels.

Voici venir encor dans cette noble enceinte
Engelbert, puissant prince et dévot pèlerin,
Archevêque martyr de Cologne la sainte
Mirant ses tours aux eaux du Rhin.

Tu conserves toujours, ô chapelle bénie,
Le bien doux souvenir du pieux Fénelon:
Il te visite enfant, il vient quand le génie
Fait une auréole à son nom.

II.

Nous pourrions agrandir cette illustre couronne
De pèlerins venus au rocher d'Amadour ;
En parcourant les temps, aux pieds de la Madone,
Ne trouverions-nous pas ensemble, ou tour-à-tour,

Tant de Saints, de prélats dont le Quercy s'honore ?
Et, le premier de tous, Génulphe le romain
Qui brisa les autels où Cadurcum encore
Offrait à ses faux dieux un encens inhumain :

Florent, Alithius, vigilant sentinelle,
Didier et Maurillon, pères des orphelins,
Rustique le martyr, Urcisse dont le zèle
Sut faire face aux temps d'âpres douleurs si pleins ;

Gausbert, des livres saints le savant interprète,
Cachant tant de vertus sous de simples dehors ;
Ambroise, tour-à-tour Évêque, anachorète ;
Alain, le Borromée illustre de Cahors.

Et Mondane et Sardos, enfants de la montagne,
Deux fleurs dont le parfum embauma le désert :
Et Namphase, fameux au temps de Charlemagne,
Quand la foi, quand l'amour agissaient de concert.

Fille au cœur généreux, belle et douce Spérie,
Gloire d'une cité féconde en souvenirs,
Ne vins-tu pas puiser à l'autel de Marie
Le courage qui fait la vierge et les martyrs ?

Et toi qui sus changer le pain de l'indigence
En fleurs dans ton giron, en perles dans les cieux,
O Fleur, qui d'un saint cloître embellis le silence,
Dis, ne vins-tu jamais prier dans ces saints lieux?

III.

Roc-Amadour a vu les élus de la gloire,
Et plus souvent encor les élus du malheur,
Couverts d'habits de deuil, ou brillants sous la moire,
Disant des chants de joie, ou des chants de douleur.

C'était des malheureux qu'avait frappé l'orage,
D'un père qui n'est plus les tristes rejetons,
De pauvres matelots échappés du naufrage,
          Souvent de vieux marins bretons.

Puis des bourgs, des hameaux et des villes entières,
Succombant sous les coups d'un fléau destructeur,
Qui tournaient leurs regards, leurs ardentes prières
Vers l'autel de Marie, asyle protecteur.

Voyez-les à pas lents s'avancer sur deux files
Vers le temple sacré, la pâleur sur le front;
L'espoir brille à travers leurs paupières débiles
          Pour les faveurs qu'ils obtiendront.

Les cloches, dont souvent les lugubres volées
Avaient porté l'effroi dans leurs cœurs attristés,
Mêlaient leurs sons pieux aux prières ailées,
Aux chants des pèlerins mille fois répétés.

Ces chants disaient : « Marie ! oh ! voyez nos alarmes ;
» Refuge des pécheurs ! quand le Ciel en courroux
» Frappe à coups redoublés, voyez couler nos larmes,
    » Marie, ayez pitié de nous !

Ils allaient redisant le doux nom de Marie,
Et ce nom réveillait les échos du désert.
A leur tête flottait sa bannière chérie,
Symbole d'espérance à leurs regards offert.

Quand aux pieds de Marie arrivait leur prière,
Sans doute qu'apaisé, l'œil moins étincelant,
On vit sur ces rochers l'Ange de la colère
    Essuyer son glaive sanglant.

C'était un beau spectacle ! — Et quand l'étroite enceinte
Ne pouvait plus suffire aux élans de leurs cœurs,
Qu'on voyait se dresser sur la montagne sainte
Croix des bons pèlerins, tentes de voyageurs,

On eût dit une armée assiégeant une ville
Avec ses étendards, ses feux, ses pavillons,
Sa grande voix, rumeur ondoyante et mobile
    Sortant du front des bataillons ;

Ou plutôt, des essaims d'abeilles fourmillantes
Qui, vers la même ruche, abattant leur essor,
Au palais de leur reine, alertes, sémillantes,
A toute heure venaient déposer leur trésor.

IV.

Eux aussi venaient tous déposer quelque offrande
A l'autel de Marie.—O cœurs reconnaissants!—
Plus leur affliction ou leur joie était grande,
    Plus riches étaient leurs présents.

Aussi que de trésors, que de dons magnifiques!
—L'amour, qu'il pleure ou chante, est toujours généreux.—
De l'amour filial, dans ces sacrés portiques,
    Que de témoignages nombreux!

Aux voûtes suspendus, c'étaient des lampadaires,
Des chaines, des colliers, grâcieux ornements,
Joyaux à faire envie aux plus grands lapidaires,
    Perles, rubis et diamants;

De riches encensoirs, des flambeaux, des merveilles,
Soleils, calices d'or, candelabres d'argent
Étoilant ce pourpris de lumières vermeilles,
    De flammes au reflet changeant;

Des tuniques à fleurs, des écharpes brillantes,
Tissus ingénieux de nos modernes Tyrs,
Dalmatiques de soie et de pourpre, éclatantes
    Comme la robe des martyrs.

Les rois portaient de l'or, de superbes offrandes,
Le pauvre n'avait, lui, qu'une larme, une fleur,
Mais perles et rubis, ou bien simples guirlandes,
Marie accepte tout, quand le don vient du cœur.

Juin 1857.

ROC-AMADOUR.

DEUXIÈME PÉRIODE.

DÉCADENCE.

Et erit in templo abominatio désolationis ;
Et ruent in gladio et in flamma
Et in rapina dierum.

Dan. 9. 27... 11. 33.

I.

TRISTE SPECTACLE.

I.

Ici-bas rien ne dure ! — ô célèbre oratoire !
Dis-nous, qu'as-tu donc fait de ton antique gloire,
De tes riches trésors,
De tes nombreux joyaux, superbe argenterie,
Magnifiques présents consacrés à Marie
Par tant d'illustres morts.

Pourquoi ces murs croulants et noircis par la flamme?
        Ces pilastres détruits?
Ces ruines sans fin dont l'aspect navre l'âme,
        Vaste amas de débris?

Et vous-même, ô Marie! auguste souveraine!
Pourquoi sur cet autel semblez-vous une Reine
        Sur un trône désert?
Le cœur de vos enfants, comme un autel sans flamme,
N'a-t-il donc plus d'amour, de ces transports de l'âme
        Qui font un doux concert?

L'oiseau ne sait-il plus chanter la jeune aurore,
        Lorsque un nuage obscur
Voile son front vermeil, que nul rayon ne dore
        Le firmament d'azur?

Que sont-ils devenus, ces prêtres, ces lévites,
Ces nombreux pèlerins, ces pieux cénobites,
        Par le jeûne abattus?
Ces vierges au front pur, colombes gémissantes,
Qui venaient dans le creux de ces roches géantes
        Abriter leurs vertus?

Pourquoi n'entends-je plus ces ravisssants cantiques,
        Accords mélodieux,
Qui comme un doux parfum, de ces sacrés portiques
        S'élevaient vers les cieux?

II.

Au lieu de ces chastes louanges
Que l'amour de ces sœurs des anges
Nuit et jour chantait à Jésus,
Au lieu des douces harmonies
Qu'exhalaient ces âmes bénies ,
Dites , pourquoi n'entends-je plus ,

Que le passereau solitaire
Sur le toit frêle du clocher ,
Ou la Corneille centenaire ,
Noire Sibylle du rocher ?

Juin 1857.

5

II.

LES HUGUENOTS.

MEURTRES ET PILLAGE.

I.

Douloureux souvenir ! — L'hydre de l'hérésie,
Monstre avide et sanglant, fils d'un moine apostat,
Vint dans ce doux séjour, tant aimé de Marie,
Exercer, furieux, maint sauvage attentat.

De l'orgueilleux Luther la haine souffle, attise
Le feu de la révolte au cœur des factions,
Et donne à déchirer la robe de l'Eglise
Au fanatisme impur, aux folles passions.

Des adeptes partis du sein de l'Allemagne,
Apôtres insensés de la pure raison,
Le feu, le fer en main, aux fils de Charlemagne
Vinrent inoculer leur funeste poison.

Comme un torrent fougueux précipite ses ondes,
Grossit, monte, et bouillonne et ravage ses bords,
Tels fondirent chez nous ces apostats immondes
Au cœur pétri de boue, à l'âme sans remords.

Partout où leur fureur s'allume et se déploie,
Ce n'est que deuil et meurtre et que pillage ardent.
Le tigre flaire au loin une superbe proie,
Rugit, bondit sur elle, et dévore en grondant.

Entendez-vous venir ces sinistres cohortes
Vociférant des chants de pillage et de mort?
Ils assiègent tes murs, ils vont briser tes portes,
Pleure, ô sainte cité, gémis, pleure ton sort.

Jamais tes murs n'ont vu de jour aussi néfaste,
Jour de meurtre, d'horreur, de désolation;
Dans tes temples souillés, la horde iconoclaste
Vomit l'impiété, l'abomination.

II.

A leur tête, excitant leur passion sauvage,
Voyez-vous parader le farouche Duras?
Un tigre l'accompagne et bondit plein de rage :
Né non loin de ces bords, c'est toi, Bessonias.

Une larme jamais ne mouilla ta paupière;
Sous ta large poitrine habite un cœur d'airain ;
Jamais tu n'écoutas la voix de la prière,
Et n'eus pour le malheur qu'un insultant dédain.

—Ses fils ont renié ses funestes exemples.—
Brûlant de signaler sa sacrilège ardeur,
« Camarades ! dit-il, voyez là haut ces temples :
» Là de riches trésors attendent le vainqueur.

» Qu'une lâche pitié n'entre point dans nos âmes ;
» Soyons dignes de nous ! tuons ! pillons ! brûlons !
» Que la noire vapeur et du sang et des flammes
» Obscurcisse le ciel de ses noirs tourbillons ,

Il a dit, et soudain se ruant au carnage ,
Tout tombe sous leurs coups , femmes, enfants, vieillards,
Ce n'est que flot de sang , que meurtre et que pillage ,
Hurlements , cris confus , clameurs de toutes parts.

Animés par les cris , les lugubres fanfares ,
Leurs chevaux , façonnés à ce hideux travail ,
Foulent aux pieds, au gré de leurs maîtres barbares ,
Les mourants dont le sang leur jaillit au poitrail.

III.

— « Au temple ! les soldats ! au temple ! à l'abbaye !
Ce cri part ; à l'instant les degrés sont franchis.
De pillage et de sang leur soif inassouvie
Contemple enfin ces lieux de tant d'or enrichis.

— A l'œuvre ! compagnons, clame une voie impie ;
— A l'œuvre ! ont répété d'autres féroces voix ; —
Et tous ces huguenots , à l'instinct de harpie ,
Dans les temples sacrés s'élancent à la fois.

Rien n'est sacré pour eux ; leur rage de sectaire ,
Digne de leur patron, le furieux Luther ,

Leur rage arme leur bras du poignard du sicaire,
On dirait des démons échappés de l'enfer.

Ils sont tous altérés de sang, d'or et de crime;
Sous leur fer, à l'autel, des prêtres égorgés
Mêlent leur sang au sang de l'auguste victime;
Ni l'âge, ni le lieu ne les ont protégés.

IV.

Fanatisme inhumain ! — ni larmes, ni prières
Devant ces cœurs de fer ne sont d'aucun secours;
Rien ne peut désarmer leurs instincts sanguinaires,
Le tigre boit le sang et veut du sang toujours.

Sanctuaires antiques,
Délicieux portiques,
Saints autels du Seigneur
Où l'âme désolée
Trouvait, pauvre exilée,
La paix et le bonheur.

Oh ! Dans cette journée
Leur rage forcenée,
— Spectacle horrible à voir —
A fait de vos asyles
Si calmes, si tranquilles,
Un affreux abattoir.

Sur vos ailes rapides ,
Venez, corbeaux avides ;
Les enfants de Calvin
A votre faim vorace
Ont dressé sur leur trace
Un immense festin.

Tendres Vierges, de coups et d'outrages meurtries ,
Votre sang a rougi vos cloîtres violés.
Par ces monstres impurs vos cellules flétries
Pleureront bien longtemps leurs anges envolés.

Août 1857.

III.

LES HUGUENOTS,

(SUITE).

VANDALISME.

I.

Encor de nouveaux crimes !
A défaut de victimes
Quand l'égorgeur finit,
Le vendale commence ;
Son aveugle démence
Abat, souille, honnit,

Et prodigue l'insulte
Aux saints objets d'un culte
Bien cher à notre cœur ;
Chaque nouvel outrage
Que déverse leur rage
Excite un cri moqueur.

D'insultes abreuvées,
Les images crevées,
Les autels démolis,
Les croix saintes brisées,
Provoquent les risées
Des infâmes bandits.

Ainsi l'ange rebelle,
De sa haine immortelle
Poursuit son souverain
Jusques dans son image,
Et porte le ravage,
En riant, dans l'Éden.

II.

Adieu donc, croix sacrées,
Images vénérées,
Livre ouvert à nos yeux,
Où la foi vive épelle
L'alliance nouvelle
De la terre et des cieux.

Adieu, belles statues
Sur la dalle abattues
Par des efforts bruyants;
Leurs têtes mutilées
Roulent et sont foulées
Sous les pieds des brigands.

Ton image, ô Marie,
Conjurant leur furie,
Seule reste debout;
Et leur rage impuissante
Frappe en vain, frémissante
Comme un volcan qui bout.

Tel, vierge sans souillure,
Infestant la nature
Le Dragon infernal
N'a de ton âme pure
Pu ternir la parure,
Ni l'éclat virginal.

III.

Adieu, les reliquaires,
Précieux ossuaires
Brillant d'or et d'argent.
Leur sacrilège audace
Prend l'or, brûle la Chasse,
Jette la cendre au vent.

Adieu, riches offrandes,
Odorantes guirlandes,
Ornement du saint lieu.
Et les sacrés calices
Qui dans les sacrifices
Versaient le sang d'un Dieu.

Adieu, coupes vermeilles,
Et toutes les merveilles,
Tous les dons précieux
Que mainte âme fidèle
Consacra dans son zèle
A la reine des cieux.

Adieu, joyaux, couronne
De la Sainte Madone !
Les nouveaux Balthazars,
La main de sang rougie,
Font servir à l'orgie
Calices et poignards.

Adieu, cloches ailées
Dont les hautes volées
S'élançaient vers le ciel,
Et portaient les prières,
Fidèles messagères,
Aux pieds de l'éternel.

O cloches murmurantes,
Joyeuses ou pleurantes
Selon qu'en notre cœur,
Qui chante ou qui soupire,
Le mot que dit la lyre
Est : Joie ! ou bien : Douleur !

Lugubre chant d'alarmes,
Le tocsin plein de larmes
Fut notre dernier chant ;
Tel, à sa dernière heure
Le cœur, lyre qui pleure,
Jette un cri déchirant.

Août, 1857.

IV.

LES HUGUENOTS,

(SUITE).

INCENDIE.

— « Le feu ! la torche en main !... Arborons l'incendie !
Hurle le monstre, « offrons un pur encens à Dieu.
» Détruisons ce repaire, et d'une main hardie,
» Couronnons ces remparts d'une aigrette de feu !

» Jetons à bas, broyons ces antiques momies,
» Hochets de l'ignorance et d'un culte insensé.
» Assez et trop longtemps sur leur trône endormies
» Le sot les adora ; leur long règne est passé.

» Du bois, du bois encor !... qu'un grand bucher s'allume,
» Allez, courez, volez ! que votre bras vengeur
» Jette comme une proie au feu qui les consume
» Les oripeaux vieillis d'un papisme imposteur. »

Et la flamme à l'instant en tourbillons s'élance,
Et la fumée à flots, d'un voile ténébreux,
Couvre les sombres flancs du rocher, et puis danse,
Conduite par le vent, sur ces pics anguleux.

Septembre, 1857.

V.

LES HUGUENOTS & LES RELIQUES DE S. AMADOUR.

I.

Pélerin fatigué d'un long, bien long voyage
Par un âpre chemin, le pieux Amadour
S'endormit doucement, le sourire au visage,
    Dans un soupir d'amour.

Depuis quinze cents ans il dormait dans sa tombe ;
Son sommeil était doux, et calme, et bien profond :
Ni cloches, ni tambours, ni la roche qui tombe,
    Ni tout le bruit qu'ils font,

N'eut pu le réveiller dans sa couche de pierre,
— Les morts ne sortiront de leur sommeil si lourd
Que lorsque on entendra dans la nature entière
    L'appel du dernier jour.

Mais pendant ce sommeil, vers le Ciel, sa patrie,
Libre enfin de ses fers, l'âme prend son essor ;
Heureux celui qui voit ton étoile, ô Marie,
    Le guider vers le port. —

II.

Dans le tombeau sacré, que le rocher protège,
Auprès du voyageur reposait son bâton ;
Sa barbe encore touffue et blanche comme neige
    Ombrageait son menton.

Alors quatre soldats , démons à face humaine ,
Saisissent le saint corps , et , de leurs bras sanglants ,
Le traînent dans la poudre où leur rage d'hyène
    Souille ses cheveux blancs.

Ils rivalisent tous de fureur et de rage ;
Insultant à l'envi ses traits humiliés ,
Ils le percent de coups , lui crachent au visage ,
    Le foulent sous leurs pieds.

Quand ils ont bien repu leurs yeux de ce spectacle,
Ils jettent la relique en un brasier ardent.
Mais sur ce corps la flamme impuissante, ô miracle !
    O prodige éclatant !

Hésite inoffensive et s'arrondit en voûte ;
Le martyr reste intact sous ce dôme de feux.
On eut dit qu'une pluie arrosait goutte à goutte
    Son beau front radieux.

Alors Bessonias que la rage dévore :
« Tu te ris de ces feux, relique de l'enfer,

» Tu les braves, voyons si tu seras encore
    » A l'épreuve du fer. »

Il dit, arme son bras d'une lourde massue,
Et frappe en rugissant, monstre à Satan pareil.
Des saints membres brisés par l'atteinte reçue
    Le sang coule vermeil.

III.

Et les anges au ciel, où Dieu bénit, console
Les pleurs de l'innocence et ceux du repentir,
Déposent sur son front la céleste auréole,
    Couronne du martyr.

Depuis quinze cents ans sur son front suspendue
Cette couronne enfin vient combler son bonheur ;
Et le chœur des martyrs, dont l'amour le salue,
    Chante : Gloire au Seigneur !

Et les fils de Calvin, hurlant des cris sauvages.
S'applaudissent de voir cet amas de débris.
Leur satanique joie éclate en longs outrages,
    En insultants mépris.

Septembre 1857.

VI.

DES HUGUENOTS A 93.

Honneur à ces héros ! leur œuvre est accomplie.
Leurs mains ont égorgé des femmes, des vieillards,
Pris de riches trésors ; leur âme énorgueillie
Contemple en ricanant ces exploits de pillards.

Tels il me semble voir les esprits des abymes,
Quand la grêle et les vents, la foudre et les éclairs
Ont broyé des cités, entassé des victimes,
Hurler, rire, danser dans les plaines des airs.

Tout est fait maintenant : — En voilà pour deux siècles ;
Puis viendra le marteau des révolutions.
Jusque là les corbeaux, les vautours et les aigles
Feront sur ces débris leurs évolutions.

Mais, dans leur fol orgueil, quand les fils de Voltaire
Diront à l'Eternel : Va-t-en, laisse-nous faire ;
Et que Dieu, pour punir leurs coupables excès,
Mettra la faulx du temps dans la main des Français,
Lorsque hideux, sanglant, viendra quatre-vingt-treize,
Et que la France alors ne sera plus française ;
Lorsque l'ange maudit sur cette France en deuil
Arborant son drapeau, symbole de l'orgueil,
Noir linceul de la mort dégouttant de carnage,
De barbares tribuns, avides de pillage,

Crîront : Mort aux tyrans ! guerre ! anathème à Dieu !
Quand promenant partout et le fer et le feu
D'insolents proconsuls, ravageurs de provinces,
A la France éventrée, et veuve de ses princes,
Pour lui faire en secret dévorer ses douleurs,
Interdiront le droit de prière et de pleurs,
Alors sous la terreur de leur sanglant empire,
Ce que le temps eut mis des siècles à détruire,
Maisons de la prière, asyle de nos maux,
Temples du Dieu vivant, croix saintes des tombeaux,
Partout en un clin d'œil n'offriront que décombres !
Et ces démolisseurs implacables et sombres
Feront Roc-Amadour désert, silencieux,
Tel que nous qui vivons l'avons vu de nos yeux.

Novembre 1857.

VII.

RUINES.

I.

O cité dans le sang et la poudre endormie !
Que ta ruine est vaste, immense !... O Jérémie !
Qui seul sais égaler les plaintes aux malheurs,
Que n'ai-je tes accents, prophète des douleurs.
A qui, noble cité, te dirai-je semblable ?
Pleure comme Rachel, et sois inconsolable,
Tes enfants ne sont plus ! — Un insolent vainqueur
A ravi ta couronne et désolé ton cœur. —
Pleure, Roc-Amadour, nouvelle Sion, pleure,
L'impur, l'incirconsis ont souillé ta demeure.
Pleure ! — Par tes chemins jadis si fréquentés
La foule n'accourt plus à tes solennités.
Comment ont-ils rendu ton temple solitaire ?
Sifflé sur ton malheur, hoché leur tête altière,
Jeté ton héritage aux dragons des déserts,
O ville où s'assemblaient tant de peuples divers ?

II.

Hier te visitaient de grands rois, de grands princes,
Hier tes consuls siégeaient aux États des provinces,
Hier un clergé nombreux, entourant tes autels,
Offrait des flots d'encens et des vœux solennels,

Hier encor s'élevaient les dix-huit sanctuaires
Enrichis des trésors des peuples tributaires ;
Hier leur faîtes hardis, leurs tourelles d'étain
Se couronnaient de feux aux rayons du matin,
Et quand l'astre du jour, commençant sa carrière,
Ruisselait sur leurs toits en laves de lumière,
On eut dit qu'un cratère ardent, mystérieux,
Jaillissait tout-à-coup de leur front radieux.

III.

Et aujourd'hui quel aspect triste et sombre !
Quel deuil poignant ! — Des ruines sans nombre,
        Des blocs épars,
Des murs noircis par l'épaisse fumée,
Des tas de cendre et de poudre semée
        De toutes parts !

O saints tributs de la foi de nos pères !
Beaux monuments tant de fois séculaires
        Presque détruits !
De votre gloire, — ô changement funeste —
De ce passé guère plus rien ne reste
        Que des débris !

Jour trop amer où sur vous l'incendie
A déroulé sa spirale hardie !
        Quel vaste deuil !
L'embrasement en ondes se déploie.

Saisit, étreint et dévore sa proie
    En un clin d'œil.

Cloîtres bénis ! pieuse solitude
Où des cœurs pleins d'amère inquiétude,
    De repentir,
Venaient chercher un baume salutaire,
Fuir, oublier les plaisirs de la terre,
    Et puis mourir,

Sacrés parvis, auguste sanctuaire
Où jour et nuit s'épandait la prière,
    Où chaque jour,
En holocauste, à l'autel de Marie,
Était offert le sang, divine hostie,
    D'un Dieu d'amour,

Nous avons vu vos portes renversées,
Vos murs croulants, vos pierres dispersées,
    Vos arcs minés,
Vos saints autels, où prièrent tant d'âmes,
Nus, dépouillés, sans prêtres et sans flammes,
    Abandonnés.

Hélas ! Hélas ! sous ces voûtes antiques
Qui redisaient tant de pieux cantiques,
    Sous ces arceaux,
Par où passaient les monarques du monde,
Pousse un foin vil, et l'araignée immonde
    Tend ses réseaux.

En contemplant de si vastes ruines,
L'air désolé de ces saintes collines,
            Tant de douleurs,
Un sentiment pénible vous oppresse,
L'âme s'emplit d'angoisse et de tristesse,
            Les yeux de pleurs.

                              Décembre 1857.

VIII.

LE TROUBADOUR DES RUINES.

I.

L'écho sacré, par un beau soir d'automne,
Ne redisait que le chant monotone,
  Triste et plaintif
D'un rossignol, troubadour des ruines,
Pareil au chant d'hirondelles marines
  Sur un rescif.

Pauvre oiselet ! — à combien de rivages
As-tu redit ton deuil, tes longs voyages ?
  Combien de mers
Ont entendu ta plainte harmonieuse
Qui se mêlait à la voix furieuse
  Des flots amers ?

Et cette voix si pleine de tristesse,
Semblable au chant de quelque âme en détresse,
  Faisait rêver,
Comme ferait le hautbois qui soupire,
Ou l'hymne saint que commence une lyre
  Sans l'achever.

On aurait dit quelqu'une de ces âmes,
Qu'un chaste amour consumma de ses flammes
    Dans ces saints lieux,
Qui revenait conter à ces ruines
Ses longs combats, sa couronne d'épines,
    Et puis les Cieux.

Et nous, Seigneur, oh! nous aimions entendre
Ce chant si doux, mélancolique et tendre,
    Ce chant rêveur;
Tant cette voix triste de Philomèle
Etait ici l'interprête fidèle
    De notre cœur.

                Octobre 1857.

IX.

PREMIÈRE MÉDITATION SUR LES RUINES

L'ESPÉRANCE.

Hélas ! Mon Dieu ! notre âme est une lyre
Plaintive et triste , et qui sait mieux redire
    La complainte de la douleur ,
Que les accents de la folle pensée ,
Que les transports de la joie insensée ,
    Que la cantate du bonheur.

Oh ! le bonheur ! En est-il sur la terre?
A notre vin Dieu mêle une onde amère ,
    Toujours l'absinthe à notre miel :
Et nous n'avons , enfants de la souffrance ,
Rien que la fleur qu'on appelle espérance ,
    Mais dont le fruit n'est mûr qu'au Ciel.

Né de la femme et fragile comme elle ,
Chétive fleur d'une existance frêle ,
    L'homme ne vit que peu de jours ;
Toujours son pain est détrempé de larmes ,
Sa vie est faite et d'angoisse et d'alarmes ,
    Courte souvent , triste toujours.

Mais, ô mon Dieu ! même au sein des ruines
Parmi les pleurs et les rudes épines ,

Un peu d'espoir nous est versé,
Comme l'on voit des fleurs sur une tombe,
Le nid joyeux de la blanche colombe
    Sur un pan de mur renversé.

Le malheureux, nonobstant ses souffrances,
Sur les débris de beaucoup d'espérances,
    Espère encor, s'il sait prier;
L'espoir toujours, que Dieu donne ou qu'il ôte,
Vient souriant, calme, comme un doux hôte,
    S'asseoir à son humble foyer.

Dieu! vous avez fait notre âme immortelle,
Et pour toujours votre main paternelle
    Ne scelle point le tombeau noir;
Ce n'est, Seigneur, qu'aux lieux vengeurs du crime,
Ce n'est qu'au seuil de l'éternel abîme
    Que vous écrivez: Plus d'espoir!

X.

DEUXIÈME MÉDITATION.

IMPRESSIONS & SOUVENIRS.

I.

Tout se tait au désert, toutes voix sont éteintes ;
Un silence profond sur ces ruines saintes.
Pas une brise au ciel, pas un bruit à l'entour,
Et la reine des nuits, de sa douce lumière,
  Avec amour éclaire
   Roc-Amadour.

Alors un pèlerin, à genoux sur la pierre,
A la Reine des Cieux murmure sa prière,
Montant et descendant ces degrés merveilleux,
Comme Jacob voyait, en des songes étranges,
  Aller, venir les Anges
   Des mers aux cieux.

D'autres fois dans le ciel passent de sombres teintes ;
Et de ces vieux débris le vent tire des plaintes,
Et l'on entend sortir de ces fragments poudreux
Des sons vagues et sourds, comme les sourds murmures
  Que rendaient les armures
   Des anciens preux.

II.

O graves souvenirs pleins de mélancolie!
Gémissements pieux! O suave harmonie!
O souffle du désert! O murmure des vents!
O vous qui seuls parfois animez ces décombres,
  Et parlez des morts sombres
   A nous vivants!

Dans quel état de rêve ardent, inépuisable,
Pénible, aimé pourtant, vague, indéfinissable,
Vous plongez notre esprit qui médite sur tout!
On croit voir se lever la majesté des âges
  Qui sur ces rocs sauvages
   Se tient debout.

Nous n'avons jamais vu ces ruines sacrées,
Que mille souvenirs, images vénérées,
N'apparaissent soudain à notre esprit rêveur:
Pèlerins d'autrefois, foules religieuses,
  Enfants, vierges pieuses
   Chers au Seigneur,

Et monarques puissants, et princes de l'Église,
Et guerriers, ayant tous quelque noble devise,
Qui juraient de servir Dieu, leur Dame, et leur roi,
Et venaient implorer aux pieds de la Madone
  Ce que son cœur nous donne:
   Amour et foi.

Oh ! — Les vieux souvenirs et les vastes ruines
Pour nos âmes, toujours dans ce monde orphelines,
Ont des charmes puissants et de vagues attraits,
Et nous nous attachons par la joie et les larmes,
   Ce qui donne des charmes
    Ou des regrets.

Voyageur ! voyageur ! dans tes courses lointaines
Ce n'est ni beaux palais, ni verdoyantes plaines
Qui fascinent surtout les regards obstinés ;
Tu veux des monuments qu'aient contemplé les sages,
   Noircis, rongés des âges,
    Tout ruinés.

O mystère profond ! ton œil rêveur admire
Les antiques débris de Sparte et de Palmyre,
Les murs qui des vieux ans ont subi les affronts,
Ces temples de la mort, sépultures altières
   Tant des fois séculaires
    Des Pharaons.

Et tu donnes toujours le choix, la préférence
Aux anciens souvenirs ; tu préfères Bysance
A la molle Stamboul des modernes Sultans.
Tu veux trouver partout de la rouille des siècles,
   La trace des vieux aigles,
    Le sceau du temps.

Doucement captivé ton regard se repose
Sur des fragments poudreux. — L'homme est-il autre chose

Qu'un superbe édifice abattu, renversé ?
Il ne trouve, en sondant ses nobles destinées,
Que grandeurs ruinées,
Qu'un cœur brisé.

XI.

TROISIÈME MÉDITATION.

NÉANT ET GRANDEUR.

I.

Homme, empire, tout meurt; où retrouver encore
Tant d'antiques cités du couchant, de l'aurore,
Dont les superbes tours s'élevaient jusqu'au ciel?
L'orgueilleuse Ninive et sa fameuse enceinte,
   Babylone, Corinthe,
    Tyr et Babel?

Et Sidon et Memphis, et toi, Carthage altière?
Leurs murs, ensevelis sous des monts de poussière,
Proclament qu'ils n'étaient que d'orgueilleux néants;
Le Nil fangeux, l'Euphrate ont roulé dans leurs ondes
   Les dépouilles immondes
    De ces géants;

Et nos Champollions, dans leurs courses savantes,
Ont peine à retrouver ces villes florissantes
Parmi tant de néant à leurs pieds entassé;
Tant tout disparaît vite ici-bas, et s'efface,
   Et laisse peu de trace
    De son passé.

7

II.

L'homme qu'est-il?—Jouet d'erreurs, de maux sans nombre;
Naître, pleurer, mourir, voilà son destin sombre.
Fleurs naissantes en proie aux furieux autans,
Combien ont vu leurs jours fuir comme une ombre vaine,
Quand ils comptaient à peine
Quelques printemps?

Non, ici rien ne dure! Honneurs, plaisirs, richesse,
Chimères!... fleurs d'un jour qu'un vent de mort caresse,
Fantômes que l'on prend pour la réalité.
Tout passe et se dissipe ainsi que fait un songe,
Et tout n'est que mensonge
Et vanité.

Oh! l'homme a beau rêver la grandeur et la gloire,
Jeter ses rêves d'or dans l'urne aléatoire,
Se forger un destin de bonheur et d'amour:
Amour, gloire, grandeur.... lueur, rêve infidèle;
Tout fuit à tire-d'aile
Et sans retour.

Toi-même, astre géant, dévoyé de ta route,
Un jour tu tomberas de la céleste voûte,
Privé de ta lumière, inutile flambeau.
Vers la destruction tous les êtres gravitent,
Et tous se précipitent
Vers le tombeau.

Jusque dans l'empirée, il est maint trône vide ;
Comme la foudre, un jour, comme l'éclair rapide,
On vit du haut du ciel l'orgueilleux Lucifer
Rouler maudit, tomber, ruine flamboyante,
     Dans la gueule béante
      Du noir enfer.

III.

Toi seul, grand Dieu, toi seul, rayonnant sur ton trône,
Que l'ardent séraphin d'hommages environne,
Tu restes immuable en ta divinité.
Toi seul tu te revêts d'une gloire immortelle,
     Et ton âge s'appelle
      L'Éternité !

Les forums, les palais, les sceptres, les empires,
Siècles, rois, nations, leurs rumeurs, leurs délires,
S'écoulent devant toi comme l'eau du torrent ;
Et chaque flot qui passe, en passant chante et crie,
     Et malgré lui publie :
      Dieu seul est grand !

              Février 1858.

XII·

QUATRIÈME MÉDITATION.

LES VOIES DE DIEU· — PRIÈRE·

I.

Ce que renverse, abat le vent de ta colère,
A tout jamais, Seigneur, est réduit en poussière ;
Babylone est tombée avec ses Balthazars ;
D'autres fois pour guérir, pour relever tu frappes :
Plus grande et plus puissante est la Rome des Papes
Que n'ait jamais été la Rome des Césars.

Ton bras réduit en poudre et ton bras ressuscite ;
De la gloire au néant souvent il précipite ;
Et quand tu veux marquer une œuvre de ton nom,
Tu l'élèves parfois, puis tu dis à la foudre :
      Frappe, détruis, réduis en poudre,
      Creuse un vaste et large sillon.

Puis tu fais éclater ta force et ta clémence ;
Homme, empire, cité..... qu'importe à ta puissance ?
Est-il une ruine, est-il quelque débris
Que ton bras, quand il veut, n'anime et ne restaure ?
      Où ton amour ne fasse éclore
Des arbres et des fleurs à nos regards surpris ?

II.

A ta voix tout se transfigure,
Il n'est ici rien d'éternel;
Et l'on ne voit dans la nature
Que changement continuel.

Nous passons de la joie aux larmes,
Et de la tristesse au bonheur.
Le rire succède aux alarmes
Sur cette terre de douleur.

Après la nuit, voici l'aurore,
Après le jour, voilà la nuit;
Puis le soleil paraît encore,
Et tout l'univers le bénit.

La trombe passait menaçante
Sur les ailes de l'ouragan,
La vague montait mugissante
Des abîmes de l'Océan.

Ta voix crie à la trombe : Passe!
Sous mon œil, austère témoin;
A la vague : Voilà l'espace,
Va jusque là, mais pas plus loin.

La vague et la trombe dociles
Ont entendu ta voix, Seigneur.
L'air est serein, les mers tranquilles,
Tout respire un air de bonheur.

Tu fais pour les hivers moroses
Les frimas et les aquilons ;
Les doux zéphyres pour les roses
Et pour les lys de nos vallons.

Enfin la nature respire,
Et va retrouver ses appas,
La douce haleine du zéphyre
Fond les glaçons et les frimas.

Le cri joyeux de l'hirondelle
A réveillé chaque hameau,
Et le doux chant de philomèle
Remplace le cri du corbeau.

Que de fleurs s'empressent d'éclore
Sous les pas de l'heureux printemps !
Que d'oiseaux qui chantent l'aurore,
Que de papillons éclatants !...

Quand tout dans la nature entière
Renaît et reprend sa splendeur,
L'auguste temple de ta Mère
Pleure son antique grandeur.

Mai 1858.

III.

Oh! souviens-toi, Seigneur, souviens-toi de sa gloire;
Il parle au cœur, aux yeux, il parle à la mémoire,
Il joint ce qui nourrit de doux et saints soupirs,
Ce qui fait palpiter nos âmes orphelines:
   A la majesté des ruines
   La majesté des souvenirs.

Au sombre Ézéchiel ta voix se fit entendre:
« Regarde, fils de l'homme, et vois ce champ couvert
» D'ossements desséchés. Appelle du désert,
   » Appelle et fais descendre
» L'esprit qui vivifie à son souffle puissant
   » La poussière et la cendre,
» Les débris du tombeau, le désert blanchissant. »

Et le Prophète dit: « Esprit! viens de l'aurore,
» Accours de l'aquilon, des quatre vents du ciel,
» Toi qu'entend le chaos, toi que la foudre adore,
» Souffle, viens ranimer ces débris d'Israël. »

Et le Prophète dit: « Os arides, poussière
   » Qui couvrez cette terre,
» Écoutez! Levez-vous à la voix du Seigneur.
   » Son esprit créateur

» Vous l'ordonne, vivez une seconde vie,
» C'est lui qui fait mourir, c'est lui qui vivifie,

» Levez-vous et vivez. » — Et ces os rajeunis
Se levèrent soudain comme une grande armée
Qui, ferme sur ses pieds et d'amour animée,
Bénissait le Seigneur par des chants infinis.

IV.

Seigneur, Roc-Amadour, couché dans ses ruines,
Demande, attend l'esprit qui souffle du désert,
Qui fait porter des fleurs à la ronce, aux épines,
Et couvre le rocher d'un gazon toujours vert.

Est-ce toujours en vain que la cité qui pleure
Élèvera vers toi sa prière et ses cris ?
N'est-ce pas l'heure encor, Seigneur, n'est-ce pas l'heure
D'envoyer ton Prophète animer ces débris ?

Juin 1858.

ROC-AMADOUR.

TROISIÈME PÉRIODE.

RESTAURATION.

Induere vestimentis gloriæ tuæ, Jerusalem.
Excutere de pulvere, consurge,
Is. 52. 12.

I.

L'ÉTOILE DE MARIE.

Signum magnum apparuit in Cœlo.
Apcc.

Oui, c'est l'heure.—Aujourd'hui reprends tes chants de fête,
O cité de Marie! abandonne ton deuil.
Jette ce crêpe noir dont s'ombrageait ta tête,
Thabite est souriante en sortant du cercueil.

Ouvre les yeux, regarde.... Une nouvelle aurore
Se lève enfin sur toi. Des bords de l'Orient
Ne vois-tu pas déjà de doux rayons éclore,
Et vers toi s'avancer un astre souriant?

Le monde est obscurci des vapeurs que l'abîme,
Comme un impur torrent de laves de l'enfer,
A vomi sur la terre abandonnée au crime :
Sur ce chaos paraît l'Étoile de la mer.

Lorsque Dieu dans les flots vengeurs de sa colère
Eut noyé l'univers tout noirci de forfaits,
Telle apparut jadis, aimable messagère,
La colombe apportant l'olivier de la paix.

Ou tel l'on voit encor, après un jour d'orages,
Sous des cieux tout chargés de mobiles vapeurs,
Splendide pont jeté sur des mers de nuages,
L'arc-en-ciel déployer ses suaves couleurs.

Par des hymnes joyeux, de cette nouvelle ère,
De ce gage d'espoir saluons le retour.
Le siècle de Marie au siècle de Voltaire
Succède enfin, la nuit sombre fait place au jour.

Mettons dans le Seigneur notre ferme espérance.
Il a vu nos forfaits, il voit nos repentirs ;
Dieu n'a point pour toujours réprouvé notre France :
Il écoute la voix du sang de ses martyrs.

Quand il fait luire ainsi l'étoile de Marie
Sur le gouffre béant des révolutions,
C'est qu'il veut te sauver, belle et noble patrie,
O France, qu'il chérit entre les nations.

A son heure il appelle ou Cyrus, ou Moyse
Pour accomplir son œuvre et proclamer son nom :
« Va conduire mon peuple à la terre promise,
» Marche ! je t'établis le Dieu de Pharaon. »

Quand le monde payen tout gangréné de crimes
Râlait agonisant dans la corruption ,
Dieu dit à Pierre, à Paul, apôtres magnanimes :
» Allez ! portez la vie à toute nation: »

Comme alors, de nos jours Dieu se montre propice :
Des apôtres nouveaux réparent le passé.
Dieu leur a dit aussi : « Relevez l'édifice
» Qu'ont abattu l'erreur, le sophisme insensé. »

Voyez ! de toute part on restaure, on répare ;
Que de temples sortis de leurs débris poudreux !
L'Étoile de Marie est le glorieux phare
Qui prête sa lumière à ces travaux heureux.

II

LE NOUVEL ÉZÉCHIAS.

Ego dixi : in dimidio dierum meorun vadam
ad portas inferi.

Is. 38

I.

Ce siècle a vu venir au célèbre oratoire.
Un pieux pèlerin dont longtemps la mémoire
Vivra dans ces saints lieux ; longtemps, Roc-Amadour,
Tes échos rediront son nom avec amour.
Son œil vif et perçant annonçait le génie,
Mélange de douceur et de grâce infinie.
De son âme, insensible à l'injure, à l'affront,
Les traits se réflétaient sur son limpide front.
Quelque chose d'aimant, d'un peu mélancolique,
Donnait à son visage un air tout angélique.
Tout son extérieur respirait la bonté,
Attirant par son charme et par sa sainteté.
Non, l'ange dégagé de matière et d'organes,
Que ne ternit aucun de nos souffles profanes,
N'a point son aile d'or, de saphir ou d'azur,
Plus nette de poussière, et son regard plus pur
Que n'étaient purs de fange, âme sacerdotale,
Ton cœur brûlant d'amour, ta robe virginale.

Mais un mal destructeur minait ses jeunes ans.
Brisé par la souffrance, il marchait à pas lents.
Son visage était triste, et ce n'est qu'avec peine
Qu'au temple vénéré sa faiblesse se traîne.
Après avoir franchi les pénibles degrés
Il est tout haletant; ses traits sont altérés,
Et sa tête se penche et malgré lui s'incline.
Tel l'arbuste, qu'un ver attaque à la racine,
Ne se couronne plus ni de fleurs ni de fruits,
Et sent tarir la sève en ses rameaux flétris,
Telle en lui tarissait la source de la vie
Qu'épuisait, jour à jour, la dure maladie ;
Ou comme on voit encore, aux lampes du saint lieu,
L'huile sainte brûler ardente devant Dieu,
Puis vaciller tremblante, et puis mourir sa flamme
Qui montait de l'autel comme un parfum de l'âme,
Telle, ô toi dont je viens d'esquisser le tableau,
Ta vie allait s'éteindre ; ô vénéré CAILLAU !
Et ton âme, toujours soumise et confiante,
Empruntant d'un saint roi le langage inspiré,
          Dans un transport sacré,
Exhalait en ces mots sa douleur suppliante :

II.

« Il est donc vrai, Seigneur, au milieu de mes jours
          » Je descends dans la tombe,
» Dans le gouffre béant de la mort où toujours
          » Quelque victime tombe.

» J'ai cherché vainement ce qui restait encor
  » De mes jeunes années,
» J'ai vu comme des fleurs au fond d'un vase d'or
  » Hélas ! toutes fanées.

» Je ne vous verrai plus au séjour des vivants,
  » O Seigneur, ô mon maître !
» Le genre humain pour moi va dans quelques instants
  » A jamais disparaître.

» J'ai dit dans ma douleur : sa main veut arracher
  » Tous les jours de ma vie,
» Comme on enlève aux champs la tente du berger
  » Que le soir on replie.

» Le mal brise mes os, comme un cruel lion,
  » Sous sa dent meurtrière.
» De mon dernier soleil luit le dernier rayon
  » Sur ma courte carrière.

» Bientôt Dieu va couper la trame de mes jours
  » A peine commencée.
» L'image de la mort est présente toujours
  » A ma triste pensée.

» Le mal me fait crier comme le noir vautour
  » Fait crier l'hirondelle ;
» Nuit et jour je gémis, comme fait nuit et jour
  » La colombe fidèle.

8

» Après mes tristes nuits, au bord de l'Orient
    » Quand l'aube vient d'éclore ,
» Sans espoir de retour , je pleure en m'écriant:
    » C'est ma dernière aurore !

» Et puis , quand le soleil arrive à son couchant ,
    » Éperdu je m'écrie :
» Salut suprême nuit ! reçois mon dernier chant,
    » Dernier jour de ma vie.

» Mes yeux se sont lassés à contempler les cieux,
    » A nombrer leurs étoiles.
» Ma nuit devient obscure , et je sens sur mes yeux
    » Tomber de sombres voiles.

» Je ne fais que de naître, et voilà que je meurs
    » Au printemps de la vie ;
» Que sur mon jeune front ma couronne de fleurs
    » S'est promptement flétrie !

» Je ne pourrai donc plus à votre autel, Seigneur ,
    » Immoler l'humble hostie,
» Soulager l'indigent , et laver le pécheur
    » Au bain qui purifie.

» Je ne pourrai donc plus rompre à vos chers enfants
    » Le pain de l'Évangile ;
» En face du trépas , animer les mourants
    » A quitter leur argile.

» Je ne chanterai plus un hymne à votre amour,
            » O ma Mère, ô Marie !
» J'ai dit dans ma douleur : voici mon dernier jour,
            » Le dernier de ma vie.

» Souvenez-vous, Seigneur, Seigneur, souvenez-vous
            » Du pauvre enfant qui pleure,
» Vous qui d'Ézéchias, calmant votre courroux ;
            » Avez retardé l'heure,

» Ne brisez pas encor, Seigneur, ne brisez pas
            » L'humble roseau qui plie,
» Dissipez, ô mon Dieu, les ombres du trépas,
            » Oh ! donnez-moi la vie.

» De vos dons précieux toujours, toujours mon cœur
            » Gardera la mémoire,
» Et dès ce jour ma vie est un hymne, Seigneur,
            » Un hymne à votre gloire.

                        Juillet 1858.

III

GUÉRISON. — HYMNE A MARIE.

Vita, dulcedo, spes nostra, salve.
Lit. rom.

I.

Le cri de sa douleur a pénétré les cieux,
Marie entend toujours les élans généreux
Du cœur humble et soumis, les longs soupirs de l'âme
Qui, dans son abandon, l'implore et la réclame.
Douce médiatrice, elle offre à l'Eternel
Les vœux et les soupirs de ce monde mortel,
Et Jésus, d'un sourire accueillant sa prière,
Ne sait rien refuser à la voix de sa Mère.
Le pieux pèlerin, pour prix de sa ferveur,
N'a pas plutôt du ciel éprouvé la faveur,
Que, secouant l'effroi de sa lente agonie,
Son cœur reconnaissant à l'auguste Marie
Entonne un chant d'amour sur ces rochers déserts :
— Il voudrait à ses pieds attirer l'univers. —

II.

» Salut et louange !
» Ce salut que l'Ange,
» L'Ange Gabriel
* Vous porta sur terre,

» Souffrez, tendre Mère,
» Que de ma prière
» Il remonte au ciel.

» Salut ! sainte reine,
» O ma souveraine ;
» Du pied de l'autel
» Vers vous , nouvel Ève,
» Que ma voix s'élève,
» Et jamais n'achève
» Son hymne immortel.

» Salut !.... que mon âme,
» Exhalant sa flamme
» Comme l'encensoir,
» Le chante à l'aurore,
» Quand le soleil dore
» La flèche sonore,
» Le chante le soir,

» Le soir, quand la brume
» Se mêle à l'écume
» Du beau lac dormant,
» Le soir quand l'étoile,
» Ecartant le voile
» Des nuits , se dévoile,
» Brille au firmament.

» Salut ! fleur brillante
» Dont le sein enfante
» Le Sauveur de tous.

» O Vierge féconde,
» Où la grâce abonde,
» Vous êtes du monde
» L'espoir le plus doux.

» Salut ! Notre-Dame,
» Bienheureuse femme
» Qu'un Dieu même élut,
» Qu'il nomma sa mère,
» Et dit : que la terre
» Bénisse, vénère
» L'arche du salut.

» Vous êtes l'aurore
» Qui fîtes éclore
» Le soleil divin.
» Vers vous les cantiques
» Des chœurs séraphiques
» Aux sacrés portiques
» S'élèvent sans fin.

» Vous êtes la joie
» Que le ciel envoie
» Calmer nos soupirs.
» Du trône où vous êtes
» Brillez sur nos têtes,
» Chassez les tempêtes,
» Comblez nos désirs.

» Salut ! port tranquille,
» Calme et sûr asyle

» Contre l'ouragan.
» O reine du monde,
» Quand l'orage gronde,
» Oh ! planez sur l'onde,
» Calmez l'Océan.

» Salut ! ô saint trône
» Du Dieu qui pardonne
» A nos repentirs ;
» Amour des poètes,
» Gloire des prophètes
» Du ciel interprêtes,
» Beauté des martyrs !

» Salut ! doux refuge,
» Mère du grand juge,
» Espoir du pécheur ;
» Vierge sans souillure,
» A son âme impure
» Rendez sa parure,
» Rendez sa blancheur.

» Salut ! ô Marie !
» Notre amour vous prie,
» Mère, exaucez-nous,
» Miroir de justice,
» Soyez-nous propice,
» Que tout vous bénisse,
» Vous chante à genoux. »

Août 1858.

IV.

L'APOTRE.

Videns civitatem flevit super illam.

I.

Ainsi priait, chantait l'humble enfant de Marie ;
Son cœur reconnaissant et son âme ravie,
Comme un vase rempli d'un précieux encens,
Répand à flots sa joie et ses pieux accens.
Mais ce ne seront point de stériles paroles,
De la bouche souvent protestations folles,
Qui pourront de son cœur acquitter le tribut.
A son zèle sourit un grand, un noble but.
Apôtre, historien du saint pèlerinage,
Et sa plume, et sa voix, de son trop long veuvage,
Vont bientôt consoler la cité d'Amadour.
Ses œuvres prouveront l'ardeur de son amour.
A l'aspect des débris, des immenses ruines,
Du silence de mort qui couvrent ces collines,
Son cœur de prêtre ému, navré, plein de douleur,
Aspire à réparer des siècles de malheur.
Son cœur s'est dit : Crions, comme Jean, comme Elie,
Soyons dans ce désert, soyons la voix qui crie :

II.

« De votre long sommeil secouez la torpeur,
» O peuples, préparez les sentiers du Seigneur,
  » Applanissez sa voie ;
» Il veut renouveler ses antiques bontés ;
» Il me parle, il me presse, ô peuples, écoutez,
  » L'Apôtre qu'il envoie.

» Dieu, qui porte en son cœur tous les enfans d'Adam,
» Peut faire, quand il veut, de vrais fils d'Abraham
  » Des pierres les plus dures.
» Pour tromper ses regards vainement nous fuyons,
» Car son œil scrutateur perce de ses rayons
  » Les nuits les plus obscures.

» Il fait servir de char l'aile de l'ouragan,
» Il brise à volonté les cèdres du Liban
  » Jusques à leurs racines.
» Autour des nations il tire son cordeau,
» Et secouant la terre, il réduit au niveau
  » Et vallons et collines.

» Il est le Dieu puissant : prévenez ses rigueurs,
» Lavez tous vos forfaits dans le bain de vos pleurs,
  » De votre pénitence.
» Mais Dieu toujours est père : une larme, un soupir
» Appaise son courroux : toujours le repentir
  » Éprouve sa clémence. »

III.

L'Apôtre d'autres fois, aux peuples étonnés,
Pour terrasser les cœurs au mal plus obstinés,
Rappelait du Seigneur les jugements terribles,
Les brasiers éternels, les châtimens horribles
      Aux méchans destinés.

IV.

« La hache—frémissez, cœurs plus durs que le marbre—
» La hache va couper les racines de l'arbre
      » Qui penche à l'Occident ;
» Dieu réprouve et maudit le figuier infertile,
» Et le fera jeter, ainsi qu'une herbe vile,
      » Dans un brasier ardent.

» Il a le van en main pour nettoyer son aire,
» Séparer le froment de la paille légère ;
      » Il portera son grain,
» Comme un riche trésor, dans son grenier céleste,
» Et jetera l'ivraie — ô sort dur et funeste ! —
      » Au feu brûlant sans fin.

» Pour échapper aux traits de sa juste colère,
» Oh ! ne ressemblez pas aux langues de vipère
      » Qui mordent l'innocent,
» Que la vérité sainte à vos discours préside,
» Que la loi du Seigneur soit votre unique guide
      » Dans ce monde glissant.

» Que vos cœurs amollis , brisés de repentance ,
» Se hâtent de porter des fruits de pénitence;
          » Que, du mal triomphant,
» D'un sacrilège amour ils brisent les idoles ,
» Comme l'adolescent fait des hochets frivoles
               » Qui l'amusaient enfant.

» Plaignez celui que Dieu soumet à quelque épreuve ;
» En tout lieu montrez-vous le patron de la veuve,
          » L'appui de l'orphelin ;
» Au pauvre sans foyer ouvrez votre demeure ,
» Donnez le pain , l'habit à l'indigent qui pleure
               » Et de froid et de faim.

» Vous qui d'un Dieu vengeur n'osez fixer le trône ,
» Voyez à ses côtés votre auguste patrone ,
          » La mère de Jésus.
» Le divin Salomon à sa voix douce, aimable,
» Laisse échapper sa foudre , et d'un pécheur coupable
               » Fait un de ses élus. »

V.

Et les peuples ravis , émerveillés d'entendre
Des accents si pieux , cette voix forte et tendre ,
Leur sens et leur esprit dans ses yeux confondus ,
A ses lèvres toujours paraissaient suspendus.
L'on voyait ondoyer sous son geste oratoire
Tous les fronts radieux de l'immense auditoire ,
Comme ondoye au zéphyr un beau champ d'épis d'or :
Sa voix ne parlait plus, qu'ils l'écoutaient encor.

V.

IL FAUT MOURIR !

Bonum certamen certavi, cursum consummavi.

I.

L'apôtre vint longtemps, et d'année en année,
Quand l'automne effeuillait sa couronne fanée,
Célébrer en famille, et plein d'un saint amour,
Le jour trois fois béni, le mémorable jour
Où Marie à la terre apparut, douce aurore,
D'où le Sauveur du monde un jour devait éclore.
Pour fêter ce grand jour, le vénéré Caillau
Revenait, enflammé d'un zèle tout nouveau.
Dans le temple, qu'ornaient quelques festons rustiques,
Et dont les pèlerins inondaient les portiques,
L'apôtre saint, pendant un cycle de huit jours,
Charmait leur piété par de touchants discours.
Et chaque pèlerin, au rendez-vous fidèle,
Voyait toujours avec une faveur nouvelle
Cette douce figure où reluit la bonté.
Leur âme recueillait avec avidité
Cette parole grave, et qui, toujours brûlante,
Est tour à tour austère, ou tendre et consolante.
Ainsi la fleur flétrie, en son calice à miel,
Reçoit la goutte d'eau qui lui tombe du ciel.

Plus le fervent apôtre, au bout de sa carrière,
Voyait qu'il approchait de son heure dernière ;
Plus il sentait aussi redoubler son amour
Pour la Vierge honorée au rocher d'Amadour.
On s'en souvient encor : Vieillard faible et débile,
Il se faisait porter dans ce pieux asyle ;
Mourir en vrai soldat, les armes à la main,
Tel fut toujours le vœu de son cœur surhumain.
Je dis ce que j'ai vu : Durant une retraite,
Il fallut le monter, pâle et tremblant squelette,
Sur la chaire, longtemps témoin de ses exploits.
—Ce devait être, hélas ! pour la dernière fois. —
Quels accents exhalait sa poitrine mourante !
Comme en lui tout prêchait ! comme sa voix tremblante
Faisait couler les pleurs et naître le remords !
A le voir, on eût dit l'image de la mort
Qui parlait du néant, des rêves de la vie ;
Non, jamais l'assistance attentive et ravie
N'entendit de discours plus touchants, plus pieux :
Hélas ! C'était le chant du cygne harmonieux !
Puis il va de la chaire à l'autel de Marie ;
Les yeux levés au ciel, les mains jointes, il prie,
Il prie, et bien longtemps : On n'entend point sa voix,
Mais son cœur, mais ses yeux, son silence à la fois
Tout priait. Qui dira tout ce que sa belle âme
Répand de doux parfums aux pieds de Notre-Dame ?
Sans doute il l'a pria d'agréer, de bénir
Ses sueurs, ses travaux et son dernier soupir.

II.

Sur cette terre, hélas! que l'homme passe vite!
Ce monde est un exil qu'en courant il visite.
Un jour des pèlerins sont en foule accourus;
Ils voient tous les autels de voiles noirs tendus.
Leurs regards cependant se portent vers la chaire;
Et tous brûlent d'entendre encor cette voix chère
Qui sait si bien trouver la route de leur cœur,
Et convier leur âme au céleste bonheur.
Un silence de deuil plane sur l'assemblée,
Un noir pressentiment rend leur âme troublée.
Soudain un compagnon de ses rudes travaux
Paraît : Sa voix en pleurs laisse tomber ces mots :
« Mes frères! il n'est plus! Le vénérable apôtre
» A vu des cieux plus beaux, plus riants que le nôtre;
» Sur son front radieux l'éternel jour a lui.
» Devons-nous le prier, ou bien prier pour lui?
» C'est le secret de Dieu. Devant son œil de flamme
» Qui sera trouvé pur?— Repos, paix à son âme! —
» A ses derniers moments, sa bouche avec amour
» Nommait souvent encor son cher Roc-Amadour.
» Reçois pour lui, Seigneur, reçois notre prière,
» Et fais part de ta gloire à cette âme si chère. »
Comme de l'Océan les vents meuvent les flots,
Ces mots de l'assemblée excitent les sanglots.

III.

Caillau ! réjouis-toi ! Ton pieux héritage
D'apôtres dévoués sera l'heureux partage.
Au sein de ces déserts, ce champ cher à ton cœur,
Ce champ qu'ont fécondé tes travaux, ta sueur,
Ne sera point laissé sans soins et sans culture
Comme une steppe aride au sein de la nature.
Comme tu prodiguas tes veilles, tes labeurs,
Ces nouveaux ouvriers prodigueront les leurs.
Leurs voix attireront, vers ces pieux asyles,
Des pays éloignés, des hameaux, et des villes,
De nombreux pèlerins s'accroissant chaque jour
Et portant à Marie un doux tribut d'amour.
Telles qu'on voit, le soir, sur leurs rapides ailes,
Les colombes gagner en foule leurs tourelles,
Tels accourront, le front de poussière couvert,
Des flots de voyageurs au temple du désert.

VI.

DÉSIR DU POÈTE.

I.

On n'oubliera jamais ta piété touchante,
Mais pour rendre, ô Caillau! ta gloire plus vivante,
Pour transmettre ton nom, ton pieux souvenir,
Environnés d'amour, aux siècles à venir,
Que j'aimerais à voir — permets à ton poète
D'exprimer ce désir qu'il roule dans sa tête —
Oh! que j'aimerais voir, sur ce roc souverain,
Se dresser ta statue ou de marbre ou d'airain.

II.

A l'angle du rocher, sur ses plus hautes cimes,
S'élève un vieux rampart dominant ces abîmes.
    C'est debout sur ce piédestal
Que j'aimerais à voir, géant en sentinelle,
Le monument couvrir ces rochers de son aile,
    Et braver un oubli fatal.

Oh! que j'aimerais voir son ombre tutélaire
Le soir se prolonger du sommet solitaire
    Sur ces murs à moitié détruits,
Comme si du Seigneur quelque antique prophète

9

Apparaissait soudain , sur ce sublime faîte ,
    Pour ranimer tous ces débris.

Au sein de ses cités, la France militaire
Élève maint trophée à la valeur guerrière
    De ses enfants dans les combats ;
La France catholique à ce degré d'injures
Viendrait-elle, qu'elle ait deux poids et deux mesures
    Pour ses prêtres et ses soldats?

Et seul déshérité parmi toutes ses gloires,
Le prêtre verrait-il ses paisibles victoires
    Couvertes d'un voile d'oubli?
O France! au sentiment de la gloire trempée.
Sache que ton drapeau par la croix et l'épée
    Est également ennobli.

Les anciens chevaliers qui vainquaient pour la France,
Sur le champ du combat témoin de leur vaillance ,
    Étaient portés sur le pavois.
Caillau! Roc-Amadour fut ton champ de bataille ;
C'est là que je voudrais, sur sa haute muraille,
    Voir sculpter tes pieux exploits.

Du haut de ces rochers, tu semblerais encore
Appeler les passants, du couchant, de l'aurore,
    Leur disant dans un saint transport :
« Venez, peuples! venez à l'autel de Marie!
» Elle écoute toujours le pécheur qui la prie ;
    » Là c'est l'abri, là c'est le port. »

III.

Et les peuples, voyant le glorieux trophée,
Sentiraient dans leur cœur, dans leur âme échauffée
    Par de précieux souvenirs,
Naître ce feu divin, cette divine flamme
Qui fait, en pénétrant chaque fibre de l'âme,
    Fructifier les saints désirs.

    Dans une sublime attitude,
    De la tête fendant les airs,
    Tu serais pour la multitude
    Ou l'Ange de la solitude
    Écoutant la voix des déserts,

    Ou bien quelque Ombre noble et fière
    Des anciens preux qui, de ces tours,
    Défendaient le vieux sanctuaire,
    Comme l'aigle défend son aire,
    Berceau du fruit de ses amours.

Si jamais l'on en vient à cette apothéose,
Voici, dans mon esprit, quelle serait la pose
    De ce monument immortel :
Il aurait le regard de tout homme qui prie ;
D'une main désignant le temple de Marie,
    De l'autre il montrerait le Ciel.

           Septembre 1858.

VII.

INVOCATION.

Ne avertas aurem tuam à sugulto meo et clamoribus.
Thren. 3. 56.

O toi, qui du Thabor et du riant Carmel
　　Aimes à visiter les cimes,
Muse, toi qui jadis aux bardes d'Israël
Inspirais des accents si doux et si sublimes,
Viens luire dans ma nuit, viens étoiler mon ciel,
M'apporter un écho de cette voix sacrée,
Voix pure, hymne sans fin, harmonie incréée
　　Qu'entendait Salomon,
Quand il faisait redire à sa harpe inspirée
Les palmiers de Cadès et les myrtes d'Hermon ;
Quand son âme, d'amour et d'extase enivrée,
Chantait de Galaad les troupeaux bondissants,
La belle Sulamite aux traits éblouissants,
　　Figure, image radieuse,
　　Femme, épouse mystérieuse
Que parfument le nard, et la myrrhe et l'encens.

　　Esprit divin ! souffle de flamme,
　　Viens faire raisonner mon âme
　　Comme un temple rempli de chants ;
　　Et que pour couronner Marie

Ma lyre joyeuse et fleurie
Trouve des sons doux et touchants.

Mais hélas! que sur cette terre
Notre allégresse est éphémère!
Seigneur, dans ce vallon de pleurs
A mille ennuis l'âme est en proie,
Toujours le chant de notre joie
Se change en hymne de douleurs.

Que de fois, fatigué d'une pénible course,
Le voyageur s'assied sous l'arbre du désert,
Et rafraîchit sa lèvre à la limpide source
Où tombe la sueur dont son front est couvert?

Fuyant de Jézabel la fureur vengeresse,
Le Prophète au désert va cacher sa tristesse,
        Son âme demande à mourir.
Mais Dieu connaît celui qui chante ses louanges,
Et Dieu lui fait porter par la main de ses anges
        Le pain qui doit le secourir.

Prophète! lève-toi, dit l'envoyé céleste,
Assez et trop longtemps dans tes pleurs tu t'endors;
Regarde et vois, Elie! un long chemin te reste;
Bois cette eau du torrent, mange ce pain des forts.

Et le Prophète prit le pain cuit sous la cendre,
Désaltéra sa lèvre à l'onde du torrent,

Et quand la voix de Dieu se fit encore entendre,
Il gravit de l'Horeb le sommet odorant.

Depuis longtemps, Seigneur, au bonheur étrangère,
Mon âme aussi ne sait, du fond de sa misère,
    Hélas! que pleurer et gémir;
Et je suis encor loin du terme de ma route :
M'enverrez-vous, mon Dieu, de la céleste voûte,
    Un ange pour me soutenir?

               27 Octobre 1859.

VIII.

LE SIÈCLE DE VOLTAIRE ET LE SIÈCLE DE MARIE.

Hic confringes tumentes fluctus tuos.

I.

O dix-huitième siècle, ô siècle de fureurs,
De combien de forfaits, de hontes et d'horreurs
Je vois ton front souillé ! — L'infâme coryphée
De tes sophistes vils, laissa comme un trophée
De sa rage, ce cri, que son cœur infernal,
Organe de Satan, le sombre dieu du mal,
Hurla contre ce Dieu qui naquit d'une femme,
Ce cri sombre : « Écrasons! Guerre! Écrasons l'*Infâme !* »
Ce blasphème odieux, ce long cri de fureur,
Durant un siècle entier, s'exhala de son cœur.
Mais Dieu, qui sait des flots maîtriser la furie,
Étouffe, quand il veut, les clameurs de l'impie.
Et ce cri de l'enfer, cri de rage et d'orgueil,
Du siècle où nous vivons n'a pu franchir le seuil :
Le siècle où nous vivons chante un hymne à Marie.

Honte à toi cependant, philosophe pervers,
Qui lanças l'anathème au Dieu de l'univers.

D'autres ont étonné la vertu magnanime,
Tes cyniques excès étonnent jusqu'au crime.
Implacable insulteur de la religion,
Que l'enfer envoya chez l'homme en mission,
Qui descendit jamais plus bas dans l'infamie ?
Et pourtant il reçut les honneurs du génie :
Sodome l'eût proscrit, Paris l'a couronné !...
O triomphe impudent ! Non, mon vers indigné
Ne trouve point de mots, de parole sanglante,
Pour flétrir à son gré cette plume insolente. .
Voltaire, dont Paris souilla son panthéon,
Voltaire, que je hais, que j'abhorre ton nom !

II.

Mais les temps sont changés ! Un autre ordre de choses,
D'autres couronnements, d'autres apothéoses
Sont venus de nos jours consoler tes enfants,
O Seigneur, et porter dans leurs cœurs triomphants
Un peu de foi, d'amour et de douce espérance,
Beaux astres que tu fais luire sur notre France.
— Dans ce pénible exil, dans ce triste séjour,
L'homme en a tant besoin d'espérance et d'amour !
Sans eux tout œil est morne, et toute âme flétrie. —
Notre âge a relevé les autels de Marie.
Un joyeux chant d'amour et d'acclamation,
Voix immense et sans fin de toute nation,
De la terre et des mers s'élève vers son trône ;
Ce qu'un siècle bafoue, un autre le couronne.

Marie avec amour prête, du haut du ciel,
Une oreille attentive à l'hymne universel.
Elle sourit de voir toutes ses capitales,
Suspendre à ses autels des palmes triomphales.
La Silo du désert, la cité d'Amadour
Eut aussi son triomphe et son glorieux jour.

Janvier 1857.

IX.

COURONNEMENT DE MARIE,

8 SEPTEMBRE 1853.

Veni de Libano, coronaberis.
Cant. C.

I.

L'aure soufflait aux champs, le ciel n'était point sombre,
Et le jour, rayonnant dans l'azur mêlé d'ombre,
    Réjouissait les yeux.
L'air avait ses parfums, les forêts leurs feuillages
A peine jaunissants ; aux cités, aux villages,
    Partout des chants joyeux.

Les prés avaient des fleurs, les bois de doux murmures ;
L'automne souriait montrant ses grappes mures
    Aux penchants des coteaux.
C'étaient, de toutes parts, groupes de jeunes filles,
Et pèlerins halés, mêlant leurs cantatilles
    Aux chansons des oiseaux.

Voyez, voyez ce peuple, essaim, immense foule,
Qui par tous les sentiers fourmille, va, s'écoule,
    Humble, front découvert :

Foule immense, pieuse et d'heure en heure accrue,
Des quatre vents du ciel vers Marie accourue
    Au temple du désert.

Réjouis-toi, saint temple, ainsi qu'aux temps antiques;
Les enfants de Marie inondent tes portiques;
    Venez, peuples, priez !
Venez, venez en foule, et des monts, et des plaines,
Pâtres et laboureurs, grands seigneurs, chatelaines
    Aux chars armoriés.

Marie est notre mère, et, dans son temple auguste,
Elle reçoit toujours le pécheur et le juste;
    Venez à son appel,
Enfants, guerriers chargés de palmes immortelles,
Femmes de tous les rangs : Dame aux riches dentelles,
    Bergère au blond chapel.

II.

O sublimes splendeurs du culte catholique !
Quand la foule eut rempli la vaste basilique,
    Tous les sacrés parvis,
Et que, dans sa ferveur, dans sa pieuse attente,
Elle est là recueillie et toute haletante,
    Les sens tout ébahis,

Soudain quatre prélats s'avancent vers le trône
Où sur l'or et les fleurs repose la madone,
    Noire, mais belle à voir;
Devant eux tous les fronts se courbent en silence;

De candides enfants, couronnés d'innocence,
  Balancent l'encensoir.

On reconnaît en eux les rois du sacrifice ;
Une tribu nombreuse, imposante milice
  De lévites, les suit.
Pour sceptre ils ont en main leur crosse épiscopale,
Et pour couronne d'or, la mitre orientale
  Qui sur leur front reluit.

Sur un riche tapis, tissu d'or et de soie,
Se montre une couronne aux yeux ivres de joie :
  C'est le don précieux
Du prêtre-roi qui ceint le triple diadème,
Du vicaire du Christ, Pie-neuf, pasteur suprême,
  A la Reine des cieux.

— Hélas ! de toute part l'orage s'amoncelle
Sur ta tête, ô Pontife ! et frappe ta nacelle
  A coups multipliés ;
Protége le pilote, affermis le navire,
O Marie ! et des flots fais que la rage expire
  Impuissante à ses pieds.

Conserve sa couronne à qui t'a couronnée ;
Brise des factions la fureur mutinée,
  Et montre à l'univers,
Montre encore une fois que la barque de Pierre
Se rit des vains efforts des puissants de la terre,
  Et des vagues des mers. —

III.

Les vœux des pèlerins sur leurs traits se reflètent ;
Alors un des prélats que ces bons peuples fêtent,
Notre pieux Bardou pose le saint joyau,
          Si splendide et si beau,
Au front de la madone, et dit, et tous répètent :

« Vierge trois fois bénie entre les fils d'Adam,
» Reine que l'univers d'hommages environne,
» Mère du Roi des rois, descendez du Liban,
» Venez de notre amour recevoir la couronne. »

Et soudain tous les cœurs entonnent à la fois,
          Comme une seule voix :

          « Nous vous saluons notre Reine,
          » Sur nous régnez en souveraine,
          » Nous voilà tous à vos genoux.
          » Reine, agréez cette couronne,
          » Priez pour nous, sainte Madone,
          » Tendre mère bénissez-nous.

IV.

Puis deux chœurs tour à tour répètent ce cantique,
Où le cœur embrasé de divines ardeurs,
Dans le sublime élan de l'esprit prophétique,
          Marie exaltait ses grandeurs :

« L'esprit divin m'enflamme,
» Glorifie, ô mon âme !
» Célèbre ton Sauveur.
» Dans ta vive allégresse,
» Chante, chante sans cesse,
» Chante un hymne au Seigneur.

» Gloire à lui ! — de son trône,
» Que toujours environne
» La foudre et l'ouragan,
» Son doux regard s'abaisse
» Et sur notre faiblesse
» Et sur notre néant.

» Il est bonté, clémence,
» Amour, vertu, puissance,
» Son nom est trois fois saint.
» Bienheureux qui l'adore
» Et celui qui l'implore
» Et celui qui le craint.

» Mon âme, jusqu'à lui fais monter ton hommage,
» Dans ta reconnaissance exalte le Seigneur;
» Les générations rediront d'âge en âge,
» Les générations chanteront mon bonheur.

» Quand il le veut, sa foudre
» S'en va réduire en poudre
» Les plus fiers potentats;
» A son souffle les trônes,

10

» Les sceptres , les couronnes
» S'envolent en éclats.

» De l'indigent qui pleure
» Sans pain et sans demeure
» Il est le ferme appui.
» Son cœur vers lui s'incline ,
» Toujours l'âme orpheline
» Retrouve un père en lui.

» Il confond l'opulence ,
» Tout cède à la puissance
» De son bras triomphant.
» Sa bonté paternelle
» Abrite sous son aile
» Israël , son enfant.

» Une antique promesse a , dans l'homme rebelle ,
» Fait naître l'espérance avec le repentir ;
» D'âge en âge Abraham et sa race fidèle
» Ont salué de loin le Messie à venir.

V.

» Marie ! aimable souveraine ,
» Nous vous saluons , notre Reine ,
» A vous nos cœurs et nos amours.
» Chantons , chantons : vive Marie !
» Ce jour sera de notre vie
» Le plus doux , le plus beau des jours.

» Vous que la terre implore à vos pieds prosternée,
» Vierge trois fois bénie entre celles d'Adam,
» Mère du Roi des rois, descendez du Liban,
» Venez, par notre amour vous serez couronnée. »

Décembre 1859.

X.

PROCESSION DU SOIR DU COURONNEMENT.

I.

Peuples, battez des mains, votre reine s'avance !
Répandez à ses pieds et des chants et des fleurs ;
Elle sort de son temple et vient sécher vos pleurs
Roc-Amadour, frémis de joie et d'espérance ;
Peuples, battez des mains, votre reine s'avance ;
Effeuillez à ses pieds et des chants et des fleurs.

Quelle est celle qui vient du désert? Quelle est celle
Qui s'avance entourée et de gloire et d'honneur ?
— C'est la fille des rois ! Que sa démarche est belle !
      Son bien-aimé près d'elle
Sourit à son triomphe et bénit son bonheur.

    A travers la sainte montagne
Elle vient aujourd'hui visiter ses enfants,
    Oh ! Que notre amour l'accompagne,
Que l'espérance chante en nos cœurs triomphants.

De ses divines mains toutes pleines de grâces
Elle répand sur nous d'innombrables bienfaits.
    En allant sur ses traces
Nous trouverons toujours l'innocence et la paix.

O vierges de Sion! Elle est noire mais belle;
C'est au fond de son cœur qu'est la gloire immortelle
    De la fille des rois.
Le soleil d'un rayon vient dorer son visage;
    Aujourd'hui pour lui rendre hommage
    Unissons nos cœurs et nos voix.

    Comme sous les pas de l'aurore
    Les roses s'empressent d'éclore,
    Mille fleurs naissent sous ses pas;
    Mais des belles fleurs la plus belle,
La rose de Saron a moins de parfum qu'elle,
Les palmiers de Cadès, moins de grâce et d'appas.

Sa robe est de saphir et plus brillante encore,
Elle a de l'arc-en-ciel l'éclatante couleur;
Ses yeux sont deux rayons de la naissante aurore,
Et sa lèvre vermeille, une grenade en fleur.

Quelle est celle qui vient, belle comme l'aurore,
    Douce comme l'astre des nuits?
Le soleil sur son front, qu'un de ses rayons dore,
    Ruisselle en perles et rubis.

Le soleil n'est point beau, la lune n'est pas belle;
    Nul astre au firmament
    Ne resplendit comme elle;
Devant elle pâlit l'éclat du diamant.

Peuples! battez des mains, votre reine s'avance,
Elle sort de son temple et vient sécher vos pleurs.

Répandez à ses pieds et des chants et des fleurs !
Roc-Amadour, frémis de joie et d'espérance.

II.

La foule sur deux rangs, hors des sacrés parvis,
    En priant lentement s'écoule,
Et sur les flancs des monts étonnés et ravis
    Comme un grand essaim se déroule.

Les rois ont des drapeaux à pli souple et mouvant,
    Aux couleurs brillantes et fières ;
De la Reine des cieux l'on voit flotter au vent
    Banderolles, croix et bannières.

Comme on voit se lever l'aurore à l'Orient
    Qui de tant de feux se couronne,
En triomphe portée, ainsi, l'air souriant,
    L'on voit s'avancer la madone.

Les flancs de la montagne aux vastes horizons
    Voyez, déjà n'ont plus d'espace,
Et la foule gravit le faîte des maisons
    Pour voir la madone qui passe.

Du roc elle parcourt les sentiers sinueux,
    Eclatante de pierreries,
Sur le manteau d'azur de la Reine des cieux
    Sont de célestes armoiries,

Dans les bras maternels, les tout petits enfants
    Disaient en la voyant si belle :
» O mères ! nous serons bien sages, bien fervents,
    Pour être assis au ciel près d'elle. »

III.

Entendez les clairons d'un de nos bataillons,
    Terreur des nations barbares,
Et les cloches mêlant leurs joyeux carillons
    A leurs éclatantes fanfares.

Honneur à vous, soldats ! notre cœur vous comprend,
    Glorieux d'être votre frère.
Nobles fils des Croisés ! rien de beau, rien de grand
    Sans vous jamais ne peut se faire.

Oh ! vous êtes l'orgueuil de votre nation,
    Enfants chéris de la victoire ;
Vous courez à la voix de la religion
    Ainsi qu'aux fêtes de la gloire.

Marie est votre mère ; elle se souviendra,
    Au jour glorieux des batailles ;
Le colosse du Nord, le Russe vous verra
    Couvrir ses champs de funérailles.

Des rives du Tessin aux bords de l'Hellespont,
    Partout où votre bronze tonne,
A votre appel toujours la victoire répond,
    Toujours la gloire vous couronne.

IV.

Les cœurs étaient contents, les fronts étaient joyeux,
    Toutes les maisons pavoisées.
Les fleurs jonchaient les pas de la Reine des cieux
    Et pleuvaient à pleines croisées.

Et la rose mêlait ses brillantes couleurs
    Aux boutons d'or de la prairie,
Et l'on voyait partout écrit avec des fleurs
    L'ineffable nom de MARIE.

Des colombes dans l'air, sur ces monts palpitants,
    Laissaient neiger des plumes blanches,
Comme, du haut des cieux, si l'ange du printemps
    D'un lys eut effeuillé les branches.

Tous les cœurs sont ravis, la joie et le bonheur
    Les pénétrent et les inondent.
A l'envi de Marie ils chantent la grandeur,
    Les échos du désert répondent.

Décembre 1859.

XI.

PROCESSION,

(SUITE),

CHANT DES SOLDATS.

» Salut! Astre du monde,
» Salut! Astre des mers,
» Vierge et mère féconde
» Du Dieu de l'univers.
» A toi, douce Marie,
» Notre espoir, notre vie,
» Notre amour se confie,
» Ecoute nos concerts.

» Patrone de la France,
» Soutien de notre foi,
» Toujours dans la souffrance
» Nos cœurs volent vers toi;
» Et ta blanche oriflamme,
» Dont l'aspect nous enflamme,
» Chasse loin de notre âme
» La terreur et l'effroi.

» Quand pleuvra la mitraille
» Sur nos fiers escadrons,

» Au fort de la bataillle
» Toujours nous mêlerons
» Ton doux nom , ô Marie,
» Au cri : Gloire et Patrie !
» A la voix aguerrie
» Des chefs et des clairons.

» Puisssant comme une armée,
» Ton nom donne du cœur ;
» Etends , ô bien-aimée !
» Sur nous ton bras vainqueur.
» Couvre de ton égide
» Notre ardeur intrépide ,
» Que ton astre nous guide
» Toujours au champ d'honneur.

» Conduis-nous à la gloire,
» Prix des mâles travaux ;
» Attache la victoire
» Aux immortels drapeaux
» Qu'ont illustré nos pères,
» Eux qui, durant les guerres,
» Laissaient aux cœurs vulgaires
» Un stérile repos.

» On vante leur mémoire,
» Et nous le comprenons :
» Aux rayons de la gloire
» Ils ont doré leurs noms.
» Chrétienne , calme et fière ,

» Leur âme était guerrière ;
» Ils faisaient leur prière
» Sur l'affût des canons.

» Gloire à ces frères d'armes,
» Vengeurs de tous les droits ;
» De la patrie en larmes
» Ils étaient les bras droits.
» Si leur valeur trompée
» Etait à mort frappée,
» Du pommeau de l'épée
» Ils faisaient une croix.

» Pour nous, ô tendre mère,
» Peut-être un jour martyrs,
» Qu'il monte de la terre
» De vœux et de soupirs !
» Vois notre fiancée
» De chagrins oppressée,
» Dont la chaste pensée
» Se fond en saints désirs.

» Dans ces pieux asyles
» Ouverts à nos douleurs,
» Où tant d'âmes fragiles
» Vont répandre des pleurs,
» Vois, tremblante, inquiète,
» Et de douleur muette,
» Venir à chaque fête
» Notre mère, ou nos sœurs.

» Tu connus les alarmes,
» L'angoisse et la douleur;
» Tu versas bien des larmes,
» Tu fus mère.... Ton cœur
» Comprendra la prière
» Qu'à genoux sur la pierre
» T'offre une pauvre mère
» Pour un fils, son bonheur.

» Regarde son martyre
» Si dur et si cruel,
» Et daigne lui sourire
» Comme tu fais au Ciel,
» Lorsque le chœur des anges,
» Innombrables phalanges,
» T'adressent leurs louanges
» Sur ton trône immortel.

» O divine patrone,
» Amour des preux guerriers,
» Si le succès couronne
» Nos combats meurtriers,
» Au temple du village,
» Qui vit notre jeune âge,
» Nous t'irons faire hommage
» Et t'offrir nos lauriers. »

Février 1861

XII.

PROCESSION,

(SUITE),

CHANT DES JEUNES FILLES.

» Le plus beau nom du monde est le nom de MARIE,
» Ce nom est doux au cœur qui l'aime et qui la prie. »

   » Ce beau nom veut dire étoile
      » Qui dévoile
   » Les écueils au sein des mers,
   » Et, quand la tempête gronde,
      » Luit sur l'onde
   » Pour calmer les flots amers.

   » Ce beau nom veut dire reine,
      » Souveraine
   » Et de la terre et des cieux.
   » L'homme chante ses louanges,
      » Et les anges
   » Lui portent ce chant pieux.

   » Ce beau nom veut dire encore
      » Douce aurore
   » Qui, des bords de l'Orient,

» Verse à grands flots sur le monde,
    » Qu'elle inonde,
» La lumière en souriant.

» Ce doux nom veut dire mère
    » Toujours chère
» A nous pauvres orphelins.
» Elle adoucit les alarmes
    » Et les larmes
» Dont nos tristes jours sont pleins.

» Ton nom pour l'âme qui prie,
    » O Marie !
» Est plus doux qu'un doux concert,
» Plus doux que le Cinnamome,
    » Que le baume
» Qui se distille au désert.

» Plus doux que n'est la fumée
    » Embaumée
» Du grain d'encens précieux,
» Et que l'odeur de la myrrhe
    » Qu'on respire
» Dans les champs aimés des cieux.

» Ce nom est une merveille;
    » De l'abeille
» Le nectar n'est point si doux,
» Ni le parfum de la rose
    » Fraîche éclose,
» Ni le nard cher aux époux.

» Ce doux nom est un dictame
     » Qui de l'âme
» Sait endormir la douleur.
» Qu'il soit toujours, ô Marie !
     » Quand je prie,
» Sur ma lèvre et dans mon cœur.

» Le plus beau nom du monde est le nom de Marie,
» Ce nom est doux au cœur qui l'aime et qui la prie. »

Décembre 1859.

XIII.

PROCESSION,

(SUITE),

HYMNE DES PRÊTRES.

I.

« L'Étoile de Jacob à l'Orient se lève ;
» C'est Marie ! Elle vient, elle vient, nouvelle Eve,
    » Adoucir nos longues douleurs.
» O peuples ! Célébrons ce beau jour où Marie
» Apparaît à la terre et vient porter la vie
    » A l'univers baigné de pleurs.

    » A ton aurore, Eve divine,
    » Quelle lumière t'illumine !
    » Brillante Étoile du matin,
    » Quand tu te lèves sur le monde,
    » Tu dissipes la nuit profonde
    » Où gémissait le genre humain.

» Donnez-nous, pour chanter la gloire de Marie,
» Séraphins, donnez-nous la suave harmonie
    » De vos mélodieux concerts ;
» Pour couronner son front qu'ont couvert d'humbles voiles,

» Firmament, donne-nous tes rayons, les étoiles,
» Et toi, terre, les fleurs, et vos perles, ô mers !

II.

» De la terre et des cieux elle naît souveraine,
» Et la terre et les cieux ont salué leur reine
  » D'une immense acclamation.
» Oh ! Des œuvres de Dieu divines harmonies !
» Je vois se refléter ses splendeurs infinies
  » Dans l'immense création.

» Etoile et fleur, Marie est pleine de mystère :
» Elle rayonne au ciel, elle embaume la terre
  » Où nous pleurons tous orphelins.
» Vers elle sont tournés les regards des prophètes ;
» Son doux nom retentit dans les chants des poètes,
» De son nom tous les lieux, tous les siècles sont pleins.

» Les anges dans les cieux célèbrent sa mémoire ;
» De l'étoile à la fleur tout raconte sa gloire
  » Et tout parle de ses grandeurs.
» Oui, ta gloire et ton nom, ô Vierge toujours pure,
» Se lit de tout côté, dans la douce nature,
  » Dans les astres et dans les fleurs.

» Marie ! — A son aspect tout s'anime et respire.
» Regardez ! — Dans les cieux l'aurore est son sourire,
  » L'éclat du soleil sa splendeur,
» Le doux astre des nuits, sa beauté ravissante,

» Et douze étoiles d'or sa couronne éclatante :
» De l'archange au soleil, tout chante sa grandeur.

III.

» Quand l'univers périt sous la vague écumante,
» Au germe des élus, Marie, arche vivante,
  » Ouvre son sein hospitalier.
» Sur les débris fumants de ce monde en ruine,
» Elle apparaît toujours, et, colombe divine,
  » Porte le rameau d'olivier.

» Quand l'ouragan mugit, quand grondent les tempêtes,
» Marie est l'arc-en-ciel qui brille sur nos têtes,
  » Et vient dissiper notre effroi.
» Marie est un lys pur sur la terre souillée,
» Et du péché d'Adam son âme immaculée
  » N'a point subi l'austère loi.

» Marie, en ce vallon de pleurs et de ruines,
» Est la fleur qui grandit au milieu des épines,
  » Le bel oranger toujours vert ;
» Ses vertus ont l'odeur de l'encens, du Galbane,
» Elle croît gracieuse ainsi que le platane,
  » Comme le palmier du désert.

IV.

  » Tout est beau, gracieux en elle ;
  » La colombe et la tourterelle

» Ont moins de candeur et d'amour.
» Les pieds légers de la gazelle
» Courent moins rapidement qu'elle
» Ne vole au céleste séjour.

» L'oiseau fait monter vers Marie
» Sa douce voix qui se marie
» Avec le doux parfum des fleurs ;
» Et sur sa robe virginale
» A l'envi chaque fleur étale
» Ses douces et riches couleurs.

» La flamme du buisson mystique
» C'est, pour Dieu, son cœur angélique
» Plus enflammé de jour en jour ;
» La toison pleine de rosée,
» Son âme toujours arrosée
» Des grâces du céleste amour.

V.

» Perles, blanches voiles
» De la vaste mer,
» Million d'étoiles
» Qui voguent dans l'air ;
» Lampes balancées,
» Doucement bercées
» Au souffle des nuits ;
» Mouches empourprées
» Aux ailes dorées,

» Fleurs qui dans les prées
» Brillent diaprées
» Aux yeux éblouis ;
» Brises embaumées
» Des astres aimées,
» Harpes de l'éther,
» Esprit des rosées
» Sur l'herbe posées,
» Souffle du désert,
» Tout dans la nature
» Redit et murmure
» Son nom à la fois.
» Les nids dans les bois,
» Le vent dans les chênes,
» Le bruit des fontaines,
» Toutes les haleines
» Et toute les voix ;
» L'onde qui s'épanche,
» L'oiseau sur la branche,
» La colombe blanche
» Au sommet de toits ;
» L'insecte qui rode,
» Vivante émeraude,
» Sous le vert gazon ;
» Tout ce qui rayonne,
» Soupire ou bourdonne,
» O douce Madone,
» Tout bénit ton nom.
» Pelouse émaillée,
» Et verte feuillée,

» Et nuit étoilée,
» Rayons d'un beau jour,
» Tout est harmonie,
» Douce symphonie,
» Musique infinie,
» Tout chante à Marie
» Un hymne d'amour.

Mai 1860.

VI.

» Pendant quatre mille ans, pour préparer la terre
» Au prodige inouï de cette Vierge-Mère,
» Mortelle qui devait enfanter l'Eternel,
» Dieu mit quelques reflets de ses splendeurs divines
» Au front mystérieux des saintes héroïnes
» Qui seront à jamais la gloire d'Israël.

» C'est la belle Sara divinement féconde,
» C'est l'aimable Rachel qu'un pleur amer inonde,
» La sage Rebecca, l'intrépide Jahel,
» Noémi, Debbora, guerrière et prophétesse,
» Debbora qui jugeait le peuple avec sagesse
        » Sous les verts palmiers de Béthel.

» C'est l'illustre Judith, l'honneur de Béthulie,
» Esther, d'abord captive et d'angoisse remplie,
» Et puis — heureux destin — qui voit le fier Aman
» Abaisser son orgueil sous son sceptre de reine.

» — C'est ainsi que Marie, heureuse souveraine,
» Brisera sous son pied la tête de Satan.

» Tous ces types vivants, ces suaves images
» Prophétisaient Marie et lui rendaient hommages ;
» Leurs sublimes vertus, leur gloire, leur amour,
» Sont les riches joyaux de sa riche couronne :
» Marie est une Reine assise sur son trône,
  · » Elles sont sa brillante Cour.

» De la terre et des cieux elle naît souveraine,
» Et les cieux et la terre ont salué leur Reine,
» Et tout bénit son nom, les astres et les fleurs.
» O peuples, bénissons ce beau jour où Marie
» Apparaît à la terre, et vient porter la vie,
» L'espérance et la joie à l'univers en pleurs. »

VII.

Ainsi chantaient soldats, prêtres, vierges pudiques,
  Tout retentit de leurs concerts,
De rocher en rocher les échos des déserts
  Redisaient leurs pieux cantiques.

Aux merveilles du jour, à ses accords touchants
  La nuit vient joindre ses merveilles ;
Le jour tout rayonnait, tout était joie et chants,
  Et guirlandes de fleurs vermeilles ;

Et le soir on eût dit que, par enchantement,
  Ces pics s'étaient changés en phares ;

C'étaient tant de flambeaux sur chaque escarpement,
  Sur ces rocs aux formes bizarres,

Tant de feux scintillaient, quand sur Roc-Amadour
  La nuit eut déployé ses voiles,
Qu'il semblait que le ciel, en souriant d'amour,
  Eût laissé pleuvoir ses étoiles.

Juin 1860,

XIV.

MONSEIGNEUR BARDOU.

Fuit homo missus à Deo cui nomen erat Joannes.

I.

Au sein de ses déserts, jamais Roc-Amadour,
Pontife vénéré, n'oubliera ce grand jour
Où ta pieuse main vint poser la couronne
Étincelante d'or au front de la Madone.

Tu veux du saint parvis réparer les affronts,
  Pour lui ton zèle se signale ;
C'est que Roc-Amadour est un des beaux fleurons
  De ta couronne épiscopale.

Le Dieu de Bethléem, l'exilé de Memphis,
  Jésus, mourant sur le Calvaire,
Dit à Marie en pleurs : « Femme, voilà ton fils ! »
  A Jean : « Mon fils, voilà ta mère. »

Oh ! Lorsque, ainsi qu'à Jean, le suprême Pasteur
  T'a dit : Marie est ton partage,
De quel divin transport a tressailli ton cœur,
  Heureux de ce doux héritage ?

Tu visites souvent le cher troupeau commis
    A ta houlette vigilante ;
Et tu le vois courber son front humble et soumis
    Sous ta main douce et consolante.

Puis ici, quand ta main, à force de bénir
    Cette famille qui t'est chère,
Tombe de lassitude, on te voit accourir
    Te reposer dans la prière.

Ainsi le doux Jésus parcourait les hameaux,
    Et les villes et les campagnes,
Et puis, la nuit venue, allait pleurer nos maux,
    Priant pour nous sur les montagnes.

Tel l'antique David, loin d'un monde pervers,
    S'envolait dans la solitude,
Et, comme la colombe, aux paisibles déserts
    Confiait sa sollicitude.

Pour toi Roc-Amadour est une île de paix,
    Au milieu des vagues du monde.
L'âme y respire à l'aise, et goûte les bienfaits
    D'une tranquillité profonde.

II.

Mais, dis, quand tes regards, dans ces lieux fortunés,
Pour la première fois parcouraient ces ruines,
Ces temples si longtemps muets, abandonnés,
Ces décombres couverts de ronces et d'épines,
    Ces murs croulants, découronnés ;

Comme ton cœur alors, noble enfant de Marie,
Flottait entre la joie, et l'angoisse et l'amour :
C'était bien la maison de ta Mère chérie,
Mais, hélas ! de débris entourée, et flétrie,
     Un reste de Roc-Amadour.

Comme alors une voix douce, mystérieuse ,
Te semblait, par moment, sortir de ces débris,
Et venait enchanter l'heure silencieuse
Où ton cœur, où ton âme ardente, soucieuse,
     Se recueillait au saint pourpris !

Et cette douce voix te retraçait l'histoire
D'un passé tour-à-tour brillant et ténébreux ;
Des siècles de splendeur te redisaient la gloire
Par des siècles suivis dont la triste mémoire
     Est au cœur un poids douloureux.

Et cette voix, pareille aux voix des mers venues,
Évoquait à tes yeux d'étranges visions :
Des fantômes sans nombre aux formes inconnues,
Princes, rois pèlerins, et vierges ingénues
     Soupirant vers d'autres Sions.

Et ton cœur, embrasé dans l'ardente prière,
Ressuscitant déjà ce passé glorieux,
De ces vastes débris secouait la poussière,
Et tes brûlants désirs redoraient pierre à pierre
     Son temple à la Reine des Cieux.

Mais pour que ton désir ne reste point stérile,

Pour que, nouvel Esdras, tu puisses rebâtir
Ces temples démolis, pieux et saint asyle
Où l'âme, qui parfois de ce monde s'exile,
    Aime à prier, aime à gémir,

Pour donner à Marie une éclatante preuve
De l'amour dont ton cœur est pour elle si plein,
Il faut que ta parole enflamme, excite, émeuve,
Et dise à tous : « Donnez le denier de la veuve
    » Et l'obole de l'orphelin ;

» Donnez, pour relever sur ces roches désertes,
» Ces autels abattus, jadis si glorieux,
» Donnez, et vous aurez un trésor dans les Cieux. »
Et voilà qu'à ta voix les mains se sont ouvertes
    Pour déposer le don pieux.

Et déjà nous voyons ton œuvre commencée ;
Ici la foi, le goût agissent de concert.
Oh ! c'est une belle œuvre, une noble pensée
De rendre sa splendeur et sa gloire passée
    A cette Sion du désert.

Gloire à vous, Monseigneur, à vous honneur et gloire !
Déjà vous vous placez à côté d'Amadour.
Vos deux noms réunis fleuriront dans l'histoire ;
L'avenir bénira votre douce mémoire
    Avec des paroles d'amour.

                    Janvier 1860.

XV.

LA JOIE DU DÉSERT.

Exultabit solitudo lætabunda et laudans.

Is.

I.

Roc-Amadour, tressaille et sois dans l'allégresse,
Le Seigneur n'est plus sourd au cri de ta détresse,
Tout s'anime à la voix d'un Prélat vénéré.
Ce champ se couvre encor de fruits, de fleurs vermeilles ;
C'est l'Ange du Seigneur, et sur ce mont sacré
Il vient renouveler les antiques merveilles.
Quitte ton deuil amer, chante, Roc-Amadour,
Toi, le phare et le port des pays d'alentour,

Toi, la salutaire piscine
Où l'âme du pauvre pécheur
Retrouve sa beauté divine
Et son éclatante blancheur.

Ainsi que l'on voit sous la tente
Veiller d'intrépides soldats
Préparant l'armure éclatante
Qu'ils manîront dans les combats,

Tels là, dans les saintes prières,
Veillent des prêtres du Seigneur,
De là leur foi porte à leurs frères
Et le pardon et le bonheur.

II.

Oh ! qu'ils sont beaux, dans leur démarche agile,
Les pieds de ceux qui portent l'Évangile !
A leurs accents s'embellit le désert ;
Partout des fleurs où croissaient des épines ;
D'allégresse et d'amour tressaillent les collines,
La solitude chante un ravissant concert.

III.

O sainte solitude à gémir condamnée,
A la tristesse, au deuil longtemps abandonnée,
Sion, sèche tes pleurs,
Calme, endors tes douleurs,
Sois maintenant de joie et de fleurs couronnée.

Ton désert verdira comme un riant vallon ;
La gloire du Liban couronnera ton front,
Ta beauté sera belle
Comme toujours est celle
Dont brillent le Carmel, le fertile Saron.

O Sion ! ne dis plus dans ta douleur amère :
» En vain vers le Seigneur sont monté ma prière

» Et mes pleurs à la fois ;
» Il dissipe ma voix
» Comme le vent dissipe une brume légère. »

Quelle mère oublia le fruit de son amour,
La fleur qui sur son sein s'épanouit au jour ?
    Le Seigneur est un père
    Plus aimant qu'une mère,
Il n'oublîra jamais, jamais Roc-Amadour.

IV.

Revenez, revenez, colombes envolées !
Bien loin ont déjà fui le Milan et l'Autour.
Ces lieux, d'où leur fureur vous avait exilées,
Seront un doux asyle offert à votre amour.

Lève tes yeux, regarde, ô cité de Marie,
Des quatre vents du ciel t'arrivent des enfants.
Ils forment ta couronne et brillante et fleurie ;
L'amour chante en leurs cœurs joyeux et triomphants.

    Pleins d'une ferveur courageuse,
    Bravant la poudre du chemin,
    Ils vont, foule religieuse,
    Portant la gourde voyageuse
    Et le bâton du pèlerin.

    Des enfants, des femmes débiles,
    Et des guerriers et des vieillards,
    Secouant la fange des villes,

Volent vers ces pieux asyles
Sur des coursiers ou sur des chars.

Rassasie aujourd'hui ta vue
De ta gloire et de ton bonheur ;
Sur toi la lumière est venue ;
Vois-tu cette foule inconnue
Qui te vient au nom du Seigneur ?

Au sein de tes rochers, des vastes solitudes,
Tes temples restaurés sont encor trop étroits ;
Ils ne contiendront pas toutes ces multitudes,
Ces nombreux pèlerins accourus à la fois.

Après ton long silence, entends leur troupe sainte
— Tant ils viennent en foule entourer ton autel —
Te dire : place ! place ! Élargis cette enceinte
Où nous portons nos vœux à la Reine du ciel.

V.

Pontife ! qu'ils sont beaux sur la sainte montagne
  Tes pieds bénis que la grâce accompagne !
  Tu vas prêchant les trésors éternels ;
  Ta sainte ardeur donne à tes pieds des ailes,
  Met dans ta voix comme des étincelles
  Pour embraser les cœurs les plus charnels.
  Tes pieds bénis que la grâce accompagne,
Pontife, qu'ils sont beaux sur la sainte montagne.

Décembre 1859.

ÉPILOGUE.

Spes mea a juventute mea... et refugium meum es tu.

I.

O vous qu'en sa tristesse implore
Mon cœur à toute heure, en tout lieu,
Mère de celui que j'adore,
Marie ! ô mère de mon Dieu,

Après lui ma douce espérance
Et mon refuge le plus doux,
Jamais le cri de ma souffrance
En vain ne monta jusqu'à vous.

De mon amour bien faible gage,
Daignez bénir ces pâles fleurs,
Ecloses sous un vent d'orage,
Qu'arrosèrent souvent mes pleurs.

C'est la foi, l'amour, l'espérance
Qui les cueillit sous votre ciel ;
C'est la douce reconnaissance
Qui vient en parer votre autel.

Car toujours sur mon roc sauvage,
Quand soufflait un vent de malheur,

Mes yeux ont vu votre visage
Qui souriait à ma douleur.

Étoile douce et bienfaisante,
Vous guidez mes pieds ici-bas
Dans cette route âpre et glissante
Où Jésus imprima ses pas.

Oh ! vous savez notre calvaire,
Mère d'un Dieu mort sur la Croix,
Ce que pèse la vie amère,
Et vous écoutez notre voix.

Dieu plongea votre innocente
Dans l'océan de nos douleurs,
Pour la rendre compatissante
A nos chagrins, à nos malheurs.

C'est pourquoi, Marie, à toute heure
Nos cœurs vers vous sont attirés,
Parce qu'avec l'enfant qui pleure
Toujours, ô Mère, vous pleurez.

Vous bercez, comme font nos mères,
Cet enfant dans vos bras chéris ;
Vous séchez ses larmes amères
Avec un seul de vos souris.

II.

J'ai voulu chanter, ô Marie,
Ces soins de mère si touchants;
Et sur ma route défleurie
J'ai semé des pleurs et des chants.

Oh! si j'avais eu votre lyre,
Vos harpes d'or, ô Séraphins!
Quels doux accords j'eusse fait dire
Aux échos des temples divins!

Mais je n'ai ni harpe dorée,
Ni lyre aux sublimes accents,
Qui font, vers la voûte azurée,
Monter des voix pleines d'encens.

Hélas! je n'ai qu'un luth d'ébène
Couronné d'if et de cyprès,
Qui rend, quand l'autan se déchaîne,
Des sons plaintifs et sans attraits.

Je ne suis point l'aigle qui vole,
Qui vole bien haut dans les airs;
Ni le cygne du lac qu'un saule
Ombrage de ses rameaux verts,

Je suis l'oiseau que sur la grève
Abat le rapide ouragan,
Qui pousse un cri, lorsque s'élève
Le bruit des flots de l'Océan.

Je ne suis point la voix puissante
De l'airain au bruyant concert ;
Ma voix est faible et gémissante,
Je suis la cloche du désert :

La cloche, écho lugubre et sombre
De l'âme en proie à mille ennuis,
Qui se plait à se voiler d'ombre,
Et qui soupire jours et nuits ;

Cloche qui rarement sommeille
Hélas ! dans ce vallon de pleurs ;
Que toujours en sursaut réveille
Le moindre cris de nos douleurs ;

Les sons frémissants de la lyre ;
Le grain qui soulève les flots,
La voix qui chante ou qui soupire
Et la voix pleine de sanglots,

Celle qui dit dans sa détresse :
« Mère, venez me délivrer ! »
Tout cri de joie ou de tristesse
Suffit à la faire vibrer.

Et, dans votre sollicitude,
Tendre Mère, vous écoutez
La cloche de la solitude
Comme le bourdon des cités.

Et lorsque devant votre trône
Votre œil nous voit anéantis,
Tout d'abord votre amour se donne
Aux plus chétifs, aux plus petits.

C'est pourquoi j'ai voulu, Madone,
Être un écho dans vos déserts,
Mettre une fleur à ta couronne,
Mêler un chant à vos concerts.

Et vous qui mîtes un beau cierge
Aux mains du joyeux troubadour,
Allumez, ô divine Vierge,
Dans mon cœur un céleste amour.

Et puis daignez, mère fidèle,
Au ciel recevoir votre enfant,
Et de l'auréole immortelle
Couronner son front triomphant.

2 février 1860.

NOTES.

—

PROLOGUE.

(Pag. 16.)

Par son ordre Zachée est jeté dans les fers.

Nous avons embrassé l'opinon très-ancienne qui veut que Zachée dont il est parlé dans l'évangile, soit le saint ermite honoré à Roc-Amadour. Cette opinion qu'avait rejetée M. Caillau, missionnaire de France, dans son *Histoire critique et religieuse de Notre Dame de Roc-Amadour*, est soutenu par le P. Odo de Gissey, jésuite, dans son *Histoire de Roc-Amadour*, et tout récemment, par M. Le Guennec, ancien supérieur du grand Séminaire de Cahors, dans sa *Notice* sur ce célèbre pèlerinage. M. Caillau lui-même, après des études plus approfondies sur la question, avait abandonné sa première manière de voir, et se proposait, dans une seconde édition de son ouvrage, de soutenir l'opinion qu'il avait d'abord combattue. Aujourd'hui cette opinion nous paraît historiquement certaine; elle est, dailleurs, beaucoup plus poétique, raisons plus que suffisantes pour nous de l'embrasser.

(Pag. 18.)

Dans un désert, non loin de l'antique Divone....

Divona, aujourd'hui Cahors, devait son nom au voisinage de la belle fontaine chantée par Fénélon, et connue sous le nom de *Fontain: des Chartreux*; (Diw-wonan, en langue celtique, source sacrée.)

PREMIÈRE PÉRIODE.

I. DESCRIPTION.

(Pag. 27.)

Là s'élevaient, dominant ces ruines,
Des monuments par le temps emportés.

L'enceinte sacrée de Roc-Amadour renfermait autrefois dix-huit sanctuaires : douze construits en l'honneur des douze Apôtres, et les autres six consacrés au saint Sauveur, à sainte Anne, à saint Jean-Baptiste, à saint Michel, à saint Amadour, et enfin la chapelle miraculeuse de Marie. De tous ces sanctuaires il n'y a d'intacts que la chapelle miraculeuse, saint Sauveur et saint Amadour où M. l'abbé Cheval, artiste distingué, vient d'exécuter des travaux de reconstruction et des peintures très-remarquables.

II. VESTIBULE.

(Pag. 33.)

Mais quelle est cette fresque....

Sur la muraille qui longe la porte extérieure de la chapelle miraculeuse, paraissent encore en partie les restes d'une ancienne et grotesque peinture, où l'on croit distinguer les traces d'un chevalier poursuivi par une troupe de spectres. C'est, dit-on, l'ex-voto d'un profanateur sacrilège de la paix des tombeaux qui, livré à la vengeance divine, et poursuivi, soit en réalité, soit en imagination, par des spectres menaçants, fut délivré de ce terrible fléau par l'intercession de Marie.

VI. LE CIERGE ENCHANTE.

(Pag. 47.)

L'histoire de ce cierge est racontée par M. Caillau qui l'a empruntée à un illustre trouvère du 12e siècle, Gauthier de Coinsy, abbé de St.-Médard de Soissons. Je sais, dit le savant historien, qu'on ne saurait donner comme un fait véridique, une pieuse fiction enfantée dans le génie d'un poète, mais un poète illustre ne travaille ordinairement ses fictions que sur de grands et nobles sujets ; et dès que l'église de Roc-Amadour tient une des premières places dans ses saints cantiques, il faut, qu'à cette époque, elle ait tenu un des premiers rangs dans l'estime publique.

VII. CHANT DU TROUBADOUR.

(Pag. 49.)

Dans ce chant, qui pourrait paraître obscur à ceux qui ignorent l'histoire de Notre-Dame de Roc-Amadour, le troubadour rappelle un certain nombre de miracles opérés par l'intercession de Marie dans ce pèlerinage. Dans cette pièce se trouvent quelques mots surannés et hors d'usage ; j'ai cru pouvoir les mettre dans la bouche d'un *Chantadour* du douzième siècle.

VIII. PÈLERINS ILLUSTRES.

(Pag. 58.)

Père et Roi malheureux non obstant tous ses trônes
Ici Plantagenet etc.....

Ce Plantagenet est Henri II, roi d'Angleterre, qui possédait en même temps la couronne d'Irlande et celle d'Écosse, et plusieurs grandes provinces en France. L'ambition démesurée de ses fils, qui n'étaient point satisfaits des apanages qu'il leur donnait, troubla presque toute sa vie. Il vint à Roc-Amadour se faire couronner Duc d'Aquitaine.

(Pag. 59.)

Nous pourrions agrandir cette illustre couronne
De pèlerins venus au rocher d'Amadour....

Nous avons cru qu'on aimerait à trouver ici le nom de la plupart des saints qu'honore l'Église de Cahors, et dont le plus grand nombre, on ne peut en douter, se fit un devoir d'accomplir le saint pèlerinage de Roc-Amadour.

(Pag. 59.)

Et le premier de tous Génulphe le Romain.

Saint Génulphe, 1er évêque de Cahors, fut envoyé par le Pontife Romain chez les Cadurkes vers le milieu du 3e siècle, et, par sa parole et ses miracles, il substitua dans nos contrées la foi de J.-C. au culte des idoles.

(Pag. 59.)

. . . . Urcisse dont le zèle.

S. Grégoire de Tours rapporte que, sous l'épiscopat de S. Urcisse, les armées du prince Théodebert, fils de Childebert roi d'Austrasie, firent souffrir à l'église de Cahors une persécution plus horrible que n'avait été celle de Dioclétien ; les villes détruites, les temples renversés, les monastères pillés, les ministres des autels égorgés, telles furent les horreurs que virent ces temps malheureux.

(Pag. 59.)

Et Mondane et Sardos, enfants de la montagne....

Sainte Mondana naquit à Calviac, village du Haut-Quercy, épousa Laban, un des premiers seigneurs du Bordelais, et fut mère de S. Sardos, ou Sacerdos, d'abord abbé du monastère de Calviac, et plus tard évêque de Limoges.

(Pag. 59.)

Et Namphase fameux. . . . . . .

S. Namphase, qui servit avec éclat dans les armées de Charlemagne, renonça à la gloire des armes pour embrasser la vie érémitique. Il fixa son séjour dans un désert près de la célèbre abbaye de Marcillac. Après sa mort, les habitants du pays renfermèrent sa dépouille mortelle dans une crypte sur laquelle est bâtie l'église de Caniac, où il est honoré d'une manière toute particulière. Une vieille tradition attribue à ce saint l'excavation des lacs nombreux que l'on rencontre dans toute la partie calcaire du département du Lot.

(Pag. 59.)

Fille au cœur généreux, belle et douce Spérie....

Sainte Spérie, fille de Sérénus et de Blandine, vit le jour au château de St.-Laurent-les-tours, bâti sur un pic conique qui commande la jolie petite ville de St.-Céré. Dès son bas âge, Spérie voua à Dieu sa virginité. Pour rester fidèle à son vœu, vers le milieu du huitième siècle, elle souffrit le matyre de la part d'Hélidius, puissant seigneur de la contrée, à qui son frère Clarus l'avait promise en mariage. On voit son tombeau dans la magnifique église de St.-Céré qui porte son nom.

(Pag. 60.)

Et toi qui sus changer le pain de l'indigence....

Sainte Fleur vécut dans la fameuse abbaye des Religieuses Hospitalières de St.-Jean de Jérusalem dont on voit encore les ruines à l'Hopital-Beaulieu, commune d'Issendolus, non loin de Roc-Amadour. Elle était renommée pour sa charité envers les pauvres. Un jour, au cœur de l'hiver, sa supérieure lui ayant demandé ce qu'elle portait dans son tablier : des fleurs, ma mère, répondit-elle. Et, en effet, le pain qu'elle portait aux pauvres se trouva changé en de belles roses.

DEUXIÈME PÉRIODE.

VIII. LE TROUBADOUR DES RUINES.

(Pag. 89.)

L'auteur n'oubliera jamais que, visitant un jour le sanctuaire béni avec un de ses amis, ils furent frappés du silence qui régnait dans l'enceinte sacrée. Par intervalle seulement ce silence était interrompu par le chant mélancolique et doux d'un petit oiseau qu'on appelle, je crois, le rossignol des ruines. C'est ce souvenir que j'ai voulu rappeler dans cette pièce. Heureux si mes chants, comme celui du petit oiseau, pouvaient enchanter un moment le pèlerin qui visite ces lieux !

TROISIÈME PÉRIODE.

IX. COURONNEMENT DE MARIE.

(Pag. 142.)

Soudain quatre prélats. . . . .

Ces quatre prélats étaient Mgr Bardou, évèque de Cahors, Mgr Bertaud, évèque de Tulle, Mgr Lyonet, alors évèque de St.-Flours, et Mgr Lacarrière, ancien évèque de la Guadeloupe.

X. PROCESSION DU SOIR.

(Pag. 152.)

Entendez les clairons d'un de nos bataillons....

Mgr Bardou, pour donner plus de pompe à cette grande cérémonie, avait eu l'heureuse idée d'appeler la musique militaire du 46e de ligne, en garnison à Cahors. Deux ans après, jour par jour, ces mêmes musiciens, avec leur magnanime régiment, prenaient une part héroïque à la prise de la tour Malakof ; et, pendant cette rude affaire, et toute la glorieuse expédition de Crimée, plus d'un de ces braves ressentit les effets de la protection de la Vierge de Roc-Amadour, dont il portait la sainte image sur sa noble poitrine.

TABLE.

	Page.
Dédicace	7
Avertissement	9
Prologue	15

PREMIÈRE PÉRIODE,
GLOIRE.

I. Description de Roc-Amadour	23
II. Vestibule	31
III. Prière à Marie	35
IV. Chapelle miraculeuse	39
V. Amour de Marie pour Roc-Amadour	43
VI. Le Troubadour et le Cierge enchanté	47
VII. Chant du Troubadour	49
VIII. Pèlerins illustres et leurs présents	57

DEUXIÈME PÉRIODE,
DÉCADENCE.

I. Triste spectacle	63
II. Les Huguenots. — Meurtres et Pillage	67
III. — Vandalisme	73
IV. — Incendie	77
V. — Reliques de S. Amadour	79
VI. Des Huguenots a 93	83
VII. Ruines	85
VIII. Troubadour des Ruines	89
IX. 1re Méditation sur les Ruines. — L'Espérance	91

Page.

X. 2ᵉ Méditation — Impressions et Souvenirs....... 93
XI. 3ᵉ Méditation. — Néant et Grandeur 97
XII. 4ᵉ Méditation. — Les Voies de Dieu. — Prière... 104

TROISIÈME PÉRIODE,

RESTAURATION.

I. L'Étoile de Marie.............................. 107
II. Le nouvel Ézéchias (M. Caillau)............. 111
III. Guérison. — Hymne à Marie................. 117
IV. L'Apôtre.................................... 121
V. Il faut mourir.............................. 125
VI. Désir du Poète............................. 129
VII. Invocation................................ 133
VIII. Le Siècle de Voltaire et le Siècle de Marie.... 137
IX. Couronnement de Marie...................... 141
X. Procession le soir du Couronnement.......... 149
XI. Chant des Soldats.......................... 155
XII. Chant des Jeunes Filles................... 159
XIII. Hymne des Prêtres........................ 163
XIV. Mgr Bardou............................... 171
XV. La Joie du désert.......................... 175
Épilogue....................................... 179
Notes.. 185

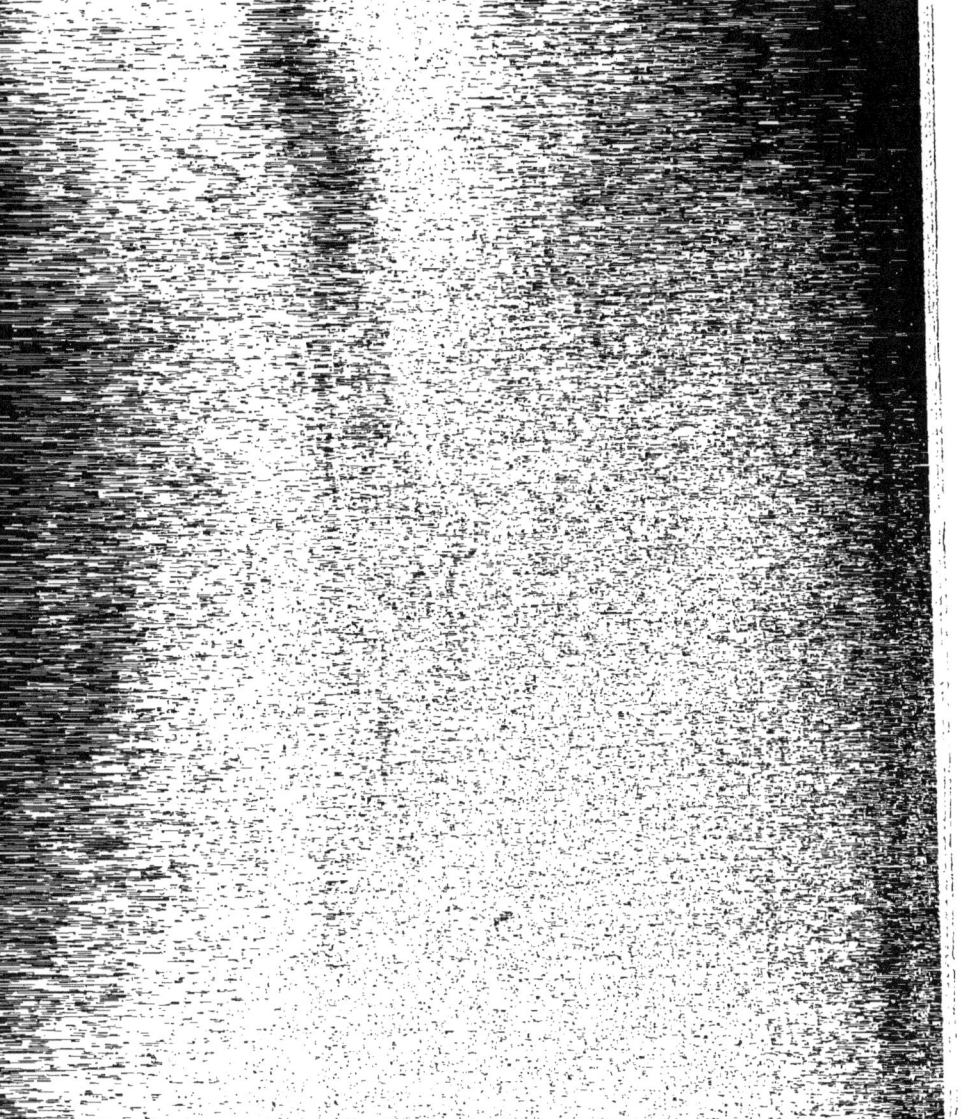

... l'ABBÉ ... ...
vures sur acier par Pourveyeur, 6 f ... net
Le même ouvrage sans gravures ; fr., net ...

Cahors, J.-G. PLANTADE, imprimeur de Mgr l'Évêque.